街角的距離

洪麗芳 著

推薦序

難以解釋的愛

西樓月如鈎
香港作家

當洪麗芳找我寫序時，我馬上答應，畢竟作為從小看她文章長大的小讀者，能搶先觀看故事，這利誘實在太大，難以拒絕。

當晚收到故事後，實在手不釋卷，我一口氣便看完，投入程鎧及俙翹的愛情世界。

程鎧的故事動人，在於它的寫實。他的心路歷程，一字一句的內心獨白，滿滿是對俙翹的溫柔，有過傷痛、有過妒忌、有過對世俗眼光的掙扎，但更多是愛，他終究守護在俙翹的身邊……用一個朋友的身份。

世上最深不可測的，就是人類的愛。為何你會愛他而非另一個他？為何茫茫人海之中，你獨為他一人而心動，對其他人就如投石於死湖，牽不起一絲漣漪？為何眾多前度，你獨獨就是魂牽夢縈那一個，久久不能放下？

這個實在無法解答，即使你自己都未必有答案。只因愛，比一切的未知數更為不確定，你既無法解釋它之所向，也無法控制它為誰而動，正如程鎧對俙翹長久的愛，令人不解，但同時又有點理解，處於矛盾之間。

我一直都覺得，程鎧溫柔得有點傻，他傾出所有的心思意念給俙翹，以致他傷害了好幾個女生，不過就是這樣，當你深愛一個人，你已無法再回應他人同等的愛。但程鎧還是比許多人都幸福，因為他跟俙翹是確實相愛過，確認過彼此的心意，即使短如煙花綻放，也是有一刻的燦爛。

「真愛是任何形狀。」適合形容他們之間的感情，貌似沒有什麼身份、名分，但確確實實有愛情在當中，不同形式的愛縱然未必為世所容，但我深信他們是幸福的，愛已超越一切。

誠邀你們一起來閱讀這故事。

推薦序

多少種愛不可言說

呆總
香港作家

世上的感情有很多種，幸福都是千篇一律：相知相戀、結婚生子、白頭到老，不幸卻可以孕育不同的故事。

感情是兩個人的事，有時可能是三個人的、四個人的、或是更多人的，但歸根究底都只是兩個人的事，那種微妙大概只有兩個人之間才會完全知曉。

年少的戀情都是刻骨銘心的。

除了因為年少單純勇敢，肯用一片真心大無畏赴湯蹈火地去愛一個人，更是因為年少而做錯不少，奮不顧身下場大多是犧牲一切而粉身碎骨。但那種為愛情飛蛾撲火死而無憾轟烈的光芒，足以燃亮半生。因為明白甚麼是「愛」，明白自己可以為愛做到哪一步，便可以用「年」作單位去堅持和追憶。

這樣的故事不多，但都不陌生，總會聽到有些朋友用十年八載去愛一個不能相戀的人。不要笑他們傻，他們或者比你更懂甚麼叫無怨無悔的愛。亦不必勸他們，因為他們在愛的途中是不會因為你的三言兩語而離場的；但同樣地不要叫這樣的人太傷心、守候太久完全單向，因為這種人絕對死心離開以後，也是同樣地千軍萬馬都不能叫他回頭。

相識是一場緣份，無論戀愛在任何形態發生，都好好珍惜吧。

目錄

後記

楔子

「很久很久以前，在一個遙遠的國度裡，那地怪獸橫行，肆意破壞，人類苦不堪言。牠們以折磨人類為樂——吞吃小孩、摧毀房屋、殘忍地殺掉你心愛之人，這些都是家常便飯，更可惡的是牠們會在你中了六合彩時撕掉彩票，在你找到一份好工作時用盡方法阻止你上班，害你被開除，還會把你辛辛苦苦剛做好的功課通通撕掉……」

小孩被嚇得身體直抖，哆嗦地說：「太……太可怕了……我那麼用心地做的功課……」

媽媽把小孩往懷裡抱緊，微笑着繼續說：「幸好世上還有一股力量能與之抗衡，那就是『勇者一族』。『勇者一族』幾乎戰無不勝，是怪獸們的剋星。他們十六歲前都居住在某個隱蔽的村落，在那裡努力裝備自己，用不同的方法喚醒體內的能力，打造專屬自己的武器，並學習對抗怪獸的技巧等等。年滿十六歲後，他們便必須離開家人，履行使命，到世界各地流浪，斬殺怪獸。」

小孩淚眼汪汪：「斬殺怪獸很帥氣，可是要離開家人好慘……」

媽媽溫柔地撫摸他的頭：「你也不想離開家人，對不對？」

小孩用力地點點頭，媽媽望着懷中的小豆丁，心裡知道在不久後的未來，他將會一心只想掙脫父母的懷抱，渴望振翅高飛。

「『勇者一族』中有位少年名叫阿游，他剛年滿十六歲，懷着興奮的心情展開旅程。臨行前，長老們囑咐他『勇者一族』的使命：『既然承擔了能力，便要好好負起責任，你要竭力保護這個世界。』阿游離開村莊後，抬頭仰望廣闊的天空，從此以後，他便需要隻身面對這個偌大的世界。

阿游第一次覺得四周過於空曠，他有點害怕，但還是跨起了勇敢的腳步，迎向未知。阿游雖然情感纖細，力量卻不容小覷，每當他大劍一揮，怪獸便被殺得片甲不流。很快他的名號便變得響噹噹，成為讓怪獸們聞風喪膽的存在。

只是世上無完人，每個人都會有弱點，而『勇者一族』的弱點就在背部！勇者的背部佈滿神經線，哪怕只是一塊小石頭，都足以讓他們如受重擊，遭受比常人百倍、千倍的痛楚。因此他們平日都會穿着厚重的盔甲，雖然會降低機動性，卻也是兩害取其輕的方法，在找到能把後背安心交出的宿命拍檔前，他們都只能使用這權宜之計。自小時候開始，長老便叮囑阿游尋找拍檔的重要，還說這是離開村莊後第一要緊的事。猶關性命，『勇者一族』自是謹守此秘密，可還是讓某些好事的怪獸知道了，聽說是人類為了自己能暫時過得安好，將這消息販賣出去的。

脆弱的人類，總抵擋不住魔鬼的引誘，為此阿游已吃了不少苦頭。

有一次，怪獸趁着阿游洗澡，要脅接待他的人類把他的盔甲拿去丟掉，阿游發現時已經太遲，只能責怪自己無防人之心，少年還是太年輕了。穿着單薄衣服的阿游防衛力接近零，沒想到怪獸們不止懂得偷襲，還會分工合作，把阿游團團圍住，遠處射手不停瞄準阿游的背部，其餘怪獸則發出絕技，務求蟻多摟死象，大有最終一戰的意味。面前的怪獸並非強者，往日阿游不費吹灰之力已能將牠們擊倒，然而今天卻因背部中空而顯得慌張，忙着防衛，顧不上攻擊。好不容易殺掉一些怪獸，卻並不如以往般能嚇退牠們，怪獸們紛紛踏着屍體瘋了般的湧向阿游。就在此時，一枝箭擦過了阿游的背部，阿游如遭雷擊般跪倒在地，額冒冷汗，這使得那些怪獸更是興奮亂叫……」

媽媽停了下來，她一直覺得這書太深，不知兒子能聽懂幾多。偏偏兒子特別鍾情這故事，常常纏着要她說，看着兒子聚精會神地期待，明明都聽了十遍有多，還絲毫不減興致。小孩的世界實在奇妙，不知道這故事到底有什麼魅力吸引着這小男孩？

「阿游依然奮力揮動大劍，眼見漏掉的攻擊愈來愈多，每招都毫不留情地直擊他的背部，疼痛讓他幾乎快要失去知覺。阿游的手不停揮動，從頭上流下來的血讓他睜不開眼睛，原本嘈雜的聲音漸漸消失，一切彷佛都被隔絕在外，只有自己的心跳異常清晰。阿游不禁想，難道今天就是自己的大限了嗎？

『你沒事吧？』一把清脆的女聲從背後響起。阿游把臉上的血抹掉，發現自己不知何時竟置身於紅色的結界中，被好好地保護起來了，難怪四周那麼安靜，只有怪獸們在外面躁動着。『你還可以行走嗎？這個結界捱不了多久，我們要趕快殺出重圍逃出去。』阿游點點頭，後背有那女生守護着，阿游的心安定下來，把剩餘的力量都傳送到大劍上，怒吼一聲，向着前方直砍下去……之後的事阿游便不知道了，耗盡了力氣後，只記得矇矓中有人揹着自己向前奔跑。

『你終於醒了！』映入眼簾是張甜美俏麗的臉孔。她說自己叫阿炎，也是勇者，屬於魔法系，離阿游的村落有一定距離，她那天剛好經過，看到他身陷險境便出手相助。『我覺得我們頗合拍，你有拍檔了嗎？要不要和我組隊？我也不想再穿這套厚重的盔甲了！雖然我是女生，但我也很能幹的啊，你也看見了那天我……』阿炎開朗地說着一連串的話，阿游艱難地吐出『好』這個字後便又沉沉睡去了。

從此以後，在怪獸中便有着這樣的歌謠：『阿游雖強，猶可攻其背，如今添了阿炎，再無人能擊潰，速逃！』阿游與阿炎所到之處，全都和平安好，怪獸總是遠遠躲着他們；他們若主動出擊，則沒有怪獸能活着離開。日子一天天過去，本來孤寂苦悶的時間，因為有了對方，變得愜意起來。愛意在他們之間慢慢滋長，終於發芽開成了燦爛的花朵。他們眼中再裝不下他人，只想每時每刻凝望着對方。他們擁抱，恨不得把對方融入自己的身體之中，永不分離。他們沉醉在二人世界中，忘記了把後背空出這件事對『勇者一族』來說是何等兇險。他們本該一生都背靠對方，這樣對他們而言才是最安全的，愛情卻把他們蒙蔽。然而另一方面，怪獸的眼睛卻雪亮得很。

一天，某隻擅長動腦筋的怪獸召集了一些同伴，躡手躡腳地跟在阿游和阿炎背後，如怪獸們所料，安逸的日子讓阿游和阿炎放鬆了警惕，愛情則成為最後擊垮他們的那把利刃。阿游和阿炎卻毫不知情，眼裡只有綿綿情意和對方的身影。怪獸看準時機，發號施令，讓同伴們發射出混有毒性的利針，成功擊中阿游和阿炎的背部。這一針雖細小，刺在阿游和阿炎身上卻像被大刀砍中，加上沾有毒液，他倆險些昏厥過去，幸而他們已不是當初懵懂的少男少女，知道現在正是危急關頭，於是用意志強撐着，擺出戰鬥姿態，再次背靠對方展開還擊。那些怪獸以為毒針未有傷到他們，害怕得逃命去了。阿游和阿炎用盡最後一分力支撐着彼此的身軀回家，通知信任的朋友來照應後，便昏倒了。

這一覺，足足睡了十日十夜，他們才漸漸康復過來。醒來後的阿游和阿炎，什麼都沒說，兩個人只是默默地穿回盔甲，相對而坐。靜默無言，良久，阿炎終於站了起來，用力地緊抱阿游。不知道過了多久，阿炎離去了，而阿游沒有追出去。

很久以後，阿游遇上了另一個女子，阿炎身邊也有另一個男子，他們和對方背靠着，勝出了一場場的戰鬥，卻再也沒有想要擁抱誰的衝動。

又過了若干年，怪獸中出現了一個強大的王，其殘暴程度堪稱歷來之冠，勇者們罕有地被徵召出戰，阿游和阿炎同在名單之上。他們看見對方，仍是什麼都沒說，卻默默站到對方的身後，背靠着背，沿途奮勇殺敵，所向披靡，最後更一同消滅了那隻萬獸之王，守護了世界的和平。只是他們再沒有面向過對方，這樣就好，這樣是最適合我們的位置，他們心裡如此地想。」

媽媽合上書本，表示故事已講完。

小孩被睡魔召喚，臨睡前口齒不清地說：「我……我寧願死掉也不要……不要和喜歡的人分……分開……」

媽媽把孩子抱到床上，低聲地說：「孩子……但要是你眞的愛上一個人，你會寧願承受分開的痛楚，也不想對方受傷呢。」

第一章

那是2003年，智能電話和Facebook都仍未普及的年代，17歲的我剛考完中學會考（現在年輕的朋友大概對於香港中學曾有兩次公開考試感到驚訝吧），享受着原校升回中六的甜蜜日子。說實在的，我從沒有擔心過自己的成績。我就讀Band 1男校，校內成績一向在三甲之內，只要正常發揮，會考對我來說就是輕而易舉的事。儘管人生不免發生意外，但所謂意外就是常理以外，而世界大部分時間都是運行在常理之中的。世界果然沒有讓我失望，我也沒有讓身邊的人失望，成績考得不俗。高考對我來說壓力也不大，依舊打我的籃球校隊，曬成一身古銅色，繼續和當時網上認識的女友戀愛。現在回想，當年自己大有一種世界都在我掌控之中，不可一世的味道。那時身邊一切都很美好，我也以為一切只有美好，就連刺眼的陽光也覺得剛好，剛好可以襯托出我的閃耀……真的，非常青春。

那年，我校與幾所學校共同舉辦了聯校歌唱比賽，就在那裡，我遇上了人生最重要的她——李俙翹。我們都沒料到後來發生的一連串故事。

作為籌委會主席的我，與作為秘書的她，不過在數月才開一次的會議上碰面。我們僅僅只是擦身而過，間中以ICQ閒聊數句。對，現在連WhatsApp也漸被淘汰，世界的步伐實在太快，我卻常常懷念那遠古即時通訊應用程式——ICQ綠中一點紅的花朵。別人都說俙翹漂亮，我卻沒有特別想法，長髮披肩的她常笑自己有張圓臉，不是美女應有的瓜子臉；而她一雙亮晶晶的大眼睛確實讓人深刻，酒窩也為她增添嬌美，但也僅此而已。

要是我有未卜先知的能力，到底從最初開始我便會避開俙翹，寧願從未與她深交？抑或，我會捉緊機會，創造與現在完全不一樣的結局？我不知道。幸好人生並無如果，我們都只能直線前行，沒法回頭。這樣也未嘗不好，連掙扎也不需要。

當時我與女友相處得不太愉快，但我心裡從沒想過要裝下其他人。而我以為俙翹同樣沒有把我放在眼內，因為彼時她的眼中，存在着另一個人的影子——阿剛，我隔鄰班的同學，她後來的男友，也是她現在的丈夫。直到很久後她才告訴我，在認識阿剛之前，其實她是先喜歡我的，只是礙於我並非單身，她才始終保持着距離。

或者這就是命運，我們在錯誤的時間遇上對方。故此往後我們即使熟絡得每日在 ICQ 聊天，同飲一枝水，曖昧也不曾發芽。

聯校歌唱比賽順利完結，老實說，我已不大記得起當時的情況，唯一能想起的只有那年我們請到了一位很漂亮的女明星來擔任主持，以及當時售票情況不大理想。

本來與倩翹的緣份應該就此完結，卻因為她與阿剛開始拍拖，我們也就常常在學校附近的一間自修室碰到面。那時我已與女友分手，為什麼分手？其實我已說不上來，大抵就是性格不合之類的老套原因吧。和女友一起兩年，許多東西都是由她主導的，就連當初也是她主動提出在一起，我好像只是在扮演一個男朋友的角色。身邊的同學常常叫我分手，總說我對她一直心不在焉，也看不出我有多開心，感覺就只是在交功課。可能他們是對的，我並沒有把真實的自己交給她，我和她在一起不過是消磨時間，現在想來也好像有點卑劣。但正確來說，當時我對所有人其實都這樣，就只會跟別人風花雪月，把內心的圍牆築得高高，既不懂得表達自己，也不怎麼願意跟別人聊自己的看法，打開心窗對我來說是件很彆扭的事，大概是因為害怕受到批評、被看不起吧？抑或這根本是每個男生的通病？直至一次和俙翹在網上的對話才讓我稍稍扭轉了想法……

「你不覺得跟人解釋是件很累的事情嗎？」我的手指正在鍵盤上飛快地打字。螢幕那邊顯示正在輸入中……

「會累呀，但很值得。」

「？」

「說出自己所想，然後遇到能明白你的人，不覺得很棒嗎？」

「可是如果對方不懂呢？」

「那也很好呀，你就知道大家是不同的人，以後不要和他講心事好了。」我在默默消化她所說的話。

過一會俙翹再傳來訊息：「與人交心是件冒險的事，因為有機會受傷。可是有危就有機，當你願意交出自己，就有機會獲得一個好朋友，例如我！」

我忍不住笑了，她的回應每每讓我感到舒心，也是這時開始，我體會到人與人之間的關係是雙向的，以往我與他人的疏離，或許很大部分是源於我的封閉，而非別人的不理解。

漸漸地，每晚坐在電腦前，等待她 ICQ 的花朵變成綠色（代表她上線了）成為了我最期待的事，俙翹就是有種神奇魔力讓我很自然地聊起自己，甚至願意分享一些不設實際的想法。

那時在自修室，枯燥的備考生活中，我偶而會把糖果放在俙翹的桌面上。不像我對溫習那麼認真，有點坐不定的俙翹常常外出用膳後便不再回來，也不知是去了哪裡，往往只見阿剛替她收拾東西回去。

個子高高，膚色白皙溫文的阿剛明知道糖果是我送的，但每次也會默默收進俙翹的背囊中，從沒有丟掉或收藏起來，一次也沒有。擁有着單眼皮的阿剛總是一臉單純，沒有多想的樣子。但我發誓，當時我對俙翹絕對沒有半點非份之想，就只是喜歡看到她的笑容而已。

高考過後，中學生涯正式畫上休止符，是休止符，不是句號，因為還未放榜，各人尚未知前程，難保會有人失手，需要重讀嘛。但我們暫且還是先放下學生身份，初嚐一下工作的滋味。

「以你的家境，你可以不用做暑期工啊！」同學都說。的確，早於中六時，父母便把樓上的單位買下，供我與姐姐二人同住，變相讓我們半獨立了。我家雖未到巨富，卻應該尚算中產。不過我急不及待地去接觸這個世界，應該是骨子裡有一種渴望成為不平凡的衝動，我們年少時不都這樣嗎？總以為自己是被上天選上的小孩，是特別的，要闖一番事業。現在看來當日的自己太天真了，世界到處都充滿着殘暴的怪獸，早晚會碰上的，又何必逞一時之快？

最終，我在與電話推銷相關的公司當上暑期工。那其實是一間透過做問卷調查送禮品，繼而推銷保險的工作。沒想到吧，這技倆早於十多年前已盛行了！當然我們這些小薯仔不需要亦不能直接擔當推銷重任，工作就只是負責把潛在客人的資料轉介出去而已。小伙子第一次親身感受到，世上沒有免費午餐是怎麼一回事，也了解到免費的往往才是最貴的道理。因為公司欠缺人手，於是鼓勵我們多找些朋友一起上班，我有好幾個同學都在一起工作了，只是想不到，俙翹與阿剛居然也來了。「看看更表，我們的上班時間幾乎一模一樣呢！」俙翹向我做個鬼臉，笑着說。真巧合，我心想，不自覺地高興起來。如是者，我們比以往多了見面的時間，偶然還會在阿剛沒上班的日子一起吃午飯。我承認，我開始對她有意思了，都是朝夕相對惹的禍。

「拜託，這件事全世界都知道吧。」隔壁同事阿齊笑道。

阿齊有點瘦削，平日為人不多言，是我在工作中認識的第一個朋友。他生活的環境跟我很不一樣，很早便離開學校進入「社會大學」，在外面好像正在跟着什麼「大佬」。他會抽煙，會喝酒，當然還會講粗口。我雖不會因為講了粗口而「打冷震」，但在阿齊面前，說我是白紙一張也不為過。阿齊從不嫌我無知或嘲笑我少爺仔，我也不害怕他的複雜，我們就這樣成為了好友，開始分享彼此的生活，他偶爾也會告訴我自己心儀對象的瑣事。（可惜暑期工過後我們便各散東西，再沒有對方消息。生活總喜歡悄悄地把關係偷走，希望阿齊仍然安好。）

「不是吧，我有這麼明顯嗎？」

阿齊用力地放下手中文件，帶點嘲弄又同情地說：「大概還不知道的人就只有你吧。」

我回以驚恐的眼神，內心不斷迴蕩着：「不是吧？不是吧？不是吧？」

我有點不安，那麼俙翹知道嗎？阿剛呢？其他同學呢？我並不害怕讓阿剛知道，但還是冒了一身冷汗，不敢再想下去。只是希望這愜意的日子能一直維持，什麼都不要改變。

第二章

時間在不知不覺中流逝，暑假結束，我與俙翹仍一直保持着友好的關係，我不打算再前行一步，她也樂於維持現狀，就這樣我們迎來了高考放榜的日子。

這天，課室處處彌漫着緊張的氣氛，連一向搗蛋吵鬧的同學也安靜下來。我臉上雖然故作輕鬆，內心其實也翻着風浪，畢竟這次放榜可是牽涉到往後人生前進的方向。班主任一臉嚴肅：「待會我會按學號順序叫你們的名字，聽到名字的同學前來拿取成績表。」他頓了頓，語氣稍為緩和地說：「今天我會一整天留在學校，有需要幫忙的同學可以隨時來教員室找我。」由於我姓程，英文是C字頭，很快老師便唸出我的名字：「程鎧」。腳步有點浮浮，伸手接過成績表後不敢立刻查看，只把它反轉帶回座位，深呼吸數下，才慢慢揭開：「1B、3C、1D」。

心想：雖然沒有驚喜，但入讀大學是不成問題了！

很多人都說，放榜是少年長成大人的第一個瞬間，我們是男校，倒沒有誰拿出紙巾在拭淚，但某些同學落寞的神情已是不言而喻。無論如何，我算是跨過這關了，頓時覺得自己稍為長大了點。只是當時還不知道，人其實只有在承受挫折時才能急促成長，這是我在後來不得不領略到的事。

同學間互聊了幾句，大家開始離開。我在門口瞥見隔鄰班的阿剛，想起了俙翹，立刻傳了短訊給她：「你考得如何？還好嗎？」等了又等，還是沒有回覆。我內心升起一陣不安，也傳來刺痛。她應該有與阿剛聯絡，卻沒有即時聯繫我呢。隨即又忍不住訕笑自己：阿剛是人家的男友，我是誰呢。

晚上，終於收到俙翹傳來短訊。她的情況比我想像中好，不是無法進入大學，只是選擇變得比較少而已，我放下了一大半心。

「你說，我的第一志願該放教育學院（現在已是教育大學了）抑或放理工大學的護士系比較好？」

我這才意識到，她是在選擇日後的職業，是要做老師呢，還是當護士。我們很多人其實早在十八、九歲這個年紀，便已決定了未來的方向。如此重大的選項，我自然得好好和俙翹分析兩者利弊。我拿起電話，「噠噠噠」地輸入訊息……

最終，俙翹選擇了教育學院，她說不想面對生離死別，而且自己也喜歡小朋友，相信當老師的生活會更適合她；而我則入讀了中大的社會科學院，其實當刻並沒有特別什麼想做，只是打算一邊讀書，再一邊想想以後要幹什麼。

一個在沙田，一個在大埔，距離並不算近，卻沒有影響我們的友情。面對新生活時我倆都有點徬徨，與新朋友相交有時自然興奮，但還是不及與舊人相聚安心，因此我與俙翹總是定期見面，大概一個月數次的頻率。

俙翹自從上大學後生活便正式「解禁」，她開心地說：「爸爸以前就說了，只要我順利升上大學，以後就不再管束我！」沒想到李爸爸真的信守承諾，讓她享受絕對的自由。除了能住宿舍以外，她也開始打工賺取零用。俙翹就像脫韁的野馬，從以前的乖乖女一躍而成「壞女孩」，那段時間每次見面，我們都在喝酒和吸煙，對，大概算是有點靡爛的生活。當然我知道她並不壞，她只是被壓抑得太久，什麼都想嘗試而已。

這天，我與她走在深水埗街頭。天文台發出酷熱警告，俙翹的額角滲出絲絲細汗，至於我簡直渾身濕透，衣服都貼着整個身軀。我以手拿着衣領不停拉動，希望為身體帶來一點涼快。

「不如我們趕快找個商場入內乘涼吧，我就快不行了。」

俙翹卻回說：「為什麼香港有些老年人活得如此辛苦？這個社會到底發生了什麼事？」

原來對面馬路有位婆婆正在推着沉重的紙皮。年少的我當時只覺得，這些老年人年輕時都在做什麼呢，不儲錢嗎？俙翹卻一臉心酸。

當然以後長大了，我和俙翹都明白每一樣東西的形成，背後的成因都很複雜，而有些時候表面看見的，也不一定是真相，譬如那個執拾紙皮的婆婆可能並沒有我們想像中貧窮，就只是想在身體還能好好活動之時，憑着自己的勞力繼續努力生活；又或是，純粹不想錯過賺錢的機會而已。

我無法得知答案，但也沒有深究，只是記住了俙翹的善良。多年以後，俙翹也是各種善事、義工和助養等都沒有少做。而我一如以往，冷眼看待這個世界。

隨着相處的時間多了，我與俙翹的關係變得更穩固。或許女生都比男生早熟，俙翹總是在我煩惱時能為我提供解答，但她從來不會批評我，讓人難受，就只是靜靜地聆聽，然後給予我回應。

「身邊的人好像都很幼稚……」

「為何這樣說？」

「就覺得大家都很無聊呀，明明都不熟，在那邊裝什麼『能認識大家是我這生最幸運的事』……拜托，我們只是在營會上相處了數天而已……」

俙翹笑着回應：「我懂！不過這個世界有很多人，說不定有些人情緒就這樣豐富啊。」

我喜歡與俙翹聊天，她總是以溫柔對待這個世界，讓倔強的我也變得柔和起來，也是我第一次學懂與人分享生活。在我厚重的心牆中，俙翹不但找到我心中的那道門，更解開了我的心鎖。我們雖然個性不同，頻率卻很相近，這令我很驚喜。偶爾也會疑惑，是因為我喜歡她，所以把鑰匙交給了她，抑或是她本身就是那把鑰匙，是我的靈魂伴侶？我不知道答案，但我知道我們都很珍惜彼此的關係，我們誰都不想後退，也不願向前，現在這樣便好。

某天，我察覺到俙翹比起往日神色落寞。

「你怎麼了？」

俙翹搖搖頭，我再三追問，俙翹才緩緩吐出：「我覺得阿剛變了……」

「哪裡變了？」

俙翹又再搖頭，只說覺得阿剛不再全心全意對待自己。但具體到底發生什麼事？我還是一頭霧水。不過我也沒強逼俙翹，她是那種，只要不想說，就沒人能強逼得了的女生。但或許潛意識中我也不想搞清楚。

偶爾，真的是偶爾，我會忘記和俙翹中間有着阿剛這個人。雖然如此，但我從沒興起過要橫刀奪愛這個念頭，就像我在有女朋友時，也從未曾朝三暮四。我相信，愛情需要忠貞，因此我從沒有想像過有一天自己會成為了別人的第三者……

人的心是不是都這樣，不是向着這邊，便是向着那邊？隨着俙翹與阿剛的關係轉差（我還是不知道他們之間出了什麼問題），她便跟我靠得愈近。雖然相處時間變多，但，我並沒有因此而高興，因為每次看到她，她的情緒總是不太穩定，和從前時刻掛着一臉笑容的她很不一樣。是因為阿剛嗎？還是大學裡遇到了壓力？抑或她經歷着一些我不知道的痛苦？她不說，我便沒多問，只見常常哭腫雙眼的她，整個人像個易碎的陶瓷，彷彿一不小心便會碎裂成塊，再也拼湊不起來似的，這都教我心痛而擔憂，而我唯一能為她做的，就是努力擔當着好朋友的角色，靜靜陪伴在她身旁：「答應我，無論何時都帶着電話，如果我找你，不要不聽我的來電，好嗎？」我真的很怕她會做傻事。

俙翹沒有問為什麼，只是默默點頭。

升上大學不久，姐姐剛好去了外地做交換生，換言之，我成了獨居人士。這段期間，俙翹不時會上來我家跟我聊天，二人有時窩在家裡一個下午，有時會一起去買餸，在家玩煮飯仔。偶爾，我也會到她的宿舍短聚，一起上網打機或什麼的。我總是用很多時間陪伴她，只要她有需要，無論何時，我都願意待在她身旁，就只是希望當她和我在一起時，能忘掉一切煩惱與悲傷。

這是否傳說中的「友達以上，戀人未滿？」還是……這算是出軌的邊緣……？我們這樣會太過曖昧嗎？如果我還想維持友情，大概我該退後一點，可我卻捨不得。前進呢？又怕一旦處理得不好，我們會失去對方。就在我進退失據之際，俙翹卻眨着大眼睛問：「你為什麼對我這麼好？」

我只能傻傻地搖搖頭，笑着說：「總之你快樂，我便快樂。」

我們坐在電腦桌前，她第一次牽了我的手。完蛋了，整個下午，我都如在夢境。

往後的日子，我也一直有這樣的感覺。那麼美好，又好像那麼容易一戳即破，醒來就會什麼都沒有。

第三章

有些界線一旦衝破，神奇地，從前認為很困難，甚至不可能的事情，頃刻間就變成「易過借火」，譬如偷情與出軌。

雖然牽手不會有小孩，但牽手卻打開了身體接觸之門，我與俙翹從相互約束的朋友關係，正式默認彼此擁有的從來都不是純友誼。知道了對方與自己心意相通，我再沒有想要隱藏感情的想法，長期被捆鎖的情感發現出口，瘋了似地湧向外，把餘下的堤壩盡數沖毀。我們擁抱，並且接吻。如果說牽手破開了防線，吻則是正式確立了我們的關係。

俙翹的唇很柔軟，兩唇觸及的瞬間，像有微微電流通過我的全身。不，你們不要笑我，以為我是未見過世面的宅男才這樣。假若我未嘗過這樣的吻，或許也會和大家一樣，笑這人到底是有多純情。可是，我知道，那是因為是俙翹。是一個我想愛，卻長久以來不敢去愛而夢寐以求的女生。我們激烈地吻着，需索對方。

有些時候，語言是多餘的。

確立心意後，我與俙翹的關係有種微妙的轉變，譬如她會開始管束我的一些習慣，像不准我吸煙。但其實我會開始吸煙，除了想嘗試放縱的滋味，更是因為「捨命陪君子」的關係。俙翹因貪玩而嘗試吸煙，我則是因為喜歡她而想與她經歷一切。

「你知道嗎？我做了很多年乖乖女，身邊的人也都覺得我就是這樣的人。我也沒有想要多壞，但對很多未知的事其實也很好奇呀，不過他們的目光與期盼總讓我覺得不好意思……幸好認識了你，你對我從沒有太多設限，讓我可以自由自在去探索自身與世界。多謝你。」

我把煙圈吐出，看着煙飄向上空再慢慢消失，俙翹就在我身旁，突然覺得一切很浪漫。我常想，我抽的並不是煙，而是俙翹對我的信任。那種獨特使我飄然，勝過尼古丁。然後俙翹很快便戒了煙，她說很臭，反正也試過了。倒是我仍間中會和朋友抽抽「交際煙」。

「吸煙危害健康，先生你不知道嗎？」頓了頓，她續說：「吸煙還會導致陽萎啊。」她奸笑着望一望我的下面，我立刻護着然後大叫：「性騷擾呀！」我們就會嘻嘻哈哈地追逐着。我從未曾答應過她要戒煙，卻早已默默不再吸食，因為我最愛看她突擊檢查拿起我的手後聞不到半點煙味那個滿意的樣子。

有些男生可能很怕另一半規管自己，但對我來說這些都是世上最甜蜜的束縛，我喜歡，也享受。我亦發現了俙翹的一些小習慣，像午餐肉不可以用水煮熱，一定要用油煎香，否則她便會拒絕進食。「我不管，我就是要吃用油煎的午餐肉！」望着她氣鼓鼓的可愛臉孔，我總是只能舉手投降，外出再買新的午餐肉回來，她便會綻放如花的笑靨。有時其實我搞不清楚，她是真的對午餐肉有要求，抑或只想戲弄我。

「你這個懶鬼。」俙翹正坐在我的大髀上和我一同觀看電影。她回頭一臉疑惑。我指指她的腳板腳趾公對下長滿死皮的位置，說：「只有走路很懶的人，才會磨損這裡。」她驚訝，但大概更多的是感動，小聲地說：「我從來沒想過這麼小的事會有人留意到。」我環抱着她：「以後你沒有想到的事情只會更多，做好心理準備吧。」

只是我沒想到這句話會應驗在自己身上。

某天，俙翹興致勃勃地拿着一個頗大的化妝袋前來。「你不是常讚我妝化得好嗎？今天就讓你共享這份美麗吧。」有時我真的很想剖開她的腦袋，看看裡面到底還有多少作弄我的鬼主意。

我大聲嚷着：「大膽！我堂堂七尺男兒，怎麼可以塗脂抹粉？」當然最後自然是我屈服，任她拿着不同的「工具」在我臉上又塗又畫，個多小時後終於完工。

俙翹拿起鏡子：「這位顧客，對妝容還滿意嗎？」

這是我人生第一次化妝，只能說我粗獷的臉好像變「精緻」了，也不能說不好看……就是不太舒服。

「天呀，皮膚好像厚厚地包裹了一層東西，無法呼吸。你們女生常常一整天這樣嗎？」

俙翹一臉孺子可教的樣子，說：「知道我們女生的辛苦了吧？」

我忙不迭地點頭，俙翹悄皮地說：「但女為悅己者容嘛！」然後往我的臉上一親。

替我卸妝前，這個小魔鬼還不忙先拍下照片，說要好好記念一番，我幾經辛苦才成功說服她刪除，說什麼「把美好的留在當下已經足夠，想要記起的時候才會有重做的動力」之類的借口讓她打消留影的念頭。看見照片被刪除後，我才鬆一口氣，我可不想有一天不小心讓誰看見我這副樣子呢，就是丁點的機會都不能冒險。

她其實早就看穿我的意圖，一邊替我卸妝，一邊輕聲問：「為什麼你如此不喜歡，還讓我化呢？阿剛就無論如何從來都不肯就範。」

我想對她說：「因為我愛你，愛你愛到願意放下我自己。」但想起阿剛，我終於什麼都沒有說。只是任由卸妝水抹去那些厚厚的化妝品，希望能減輕一下心裡的重量。

不過俙翹也不只是以欺負我為樂，我記得有次頭痛向她撒嬌，本只想着讓她安撫我幾句，沒想到她緊張地着我快去睡一覺。醒來後，還煮好了一鍋餃子說平日承蒙我照顧了，現在我病了正是她好好報答之時。我已經忘了那是什麼味道的餃子，但她穿圍裙站在餐桌前那種幸福的畫面卻使我畢生難忘。

隨着我們的關係日深，俙翹來我家的日子便愈是頻繁，偶爾也會留下來過夜。我永遠記得纏綿過後她對我說的話：「我對你是認真的。」她一向不會說這種話，如果說了，就相當於叫我等她。也記得我們曾一起聊到日後結婚時要擺多少圍酒席，請什麼人……在想像中，一切都很美好……像不像那些情場浪子對無知少女說的話？而我們，只是角色剛好反了而已。反正我早已「沉船」，深陷其中，在我的腦袋裡，並沒有不相信這個選項。她愛的是我，總有一日，她會與阿剛講清楚，和我光明正大地在一起的，我想。第二天，俙翹還提議我們到銀行開聯名戶口，為將來早作準備。當時我們放了$500，對學生來說，已是很多了的喔！

那時我們還不知道，人有多幸福，以後在受傷的時候，就會有幾痛苦。

至今回想，大學於我而言，仍是一段燦爛的好時光。

那時我們初擺脫一直以來學校的束縛，擁有很多自由，卻不需要承擔太多責任。我們按自己的喜好而活，不需要擔心生活。我人生第一個電單車牌照也是在大學時考的。我常騎着電單車回校，風在耳邊呼呼吹過，好不威風，而我臉上總是掛着笑容。要是沒有俙翹，我的大學生涯大概是閃耀得幾乎像假一樣的夢幻愜意日子，可是有了俙翹，卻在幸福之中滲進了苦澀。

但苦澀，有時是人生不可或缺的東西。有了它，人生才能昇華成功。也多得它，讓我從男孩成長為男人。

第四章

戀愛像毒品，在不知不覺中使你上癮，無法自拔。而熱戀，尤其使人泥足深陷。那時，我的眼裡只有俙翹，其他的一切都不重要。所有問題對我來說都不是問題，譬如我們約會從來只在家裡，我沒有不滿，只要能見到她就足夠了。彼時願望很簡單，就只是希望能與眼前的她相依相擁。我以為自己會這樣一直下去，卻在某天漸漸不滿了起來。

俗語說：「人心不足蛇吞象。」我內心開始滿滿都是俙翹什麼時候才會與阿剛說清楚？我們什麼時候才能光明正大地拖手外出？我們又要待到什麼時候才能向外界公開我們的身份？

我想完全的擁有這個人。

雖然我始終按捺着自己不曾開口，但俙翹彷彿讀懂了我的心思，只是彼此都不明言。我們的相處，隨着這蠢蠢欲動的不滿，快樂慢慢減退，取而代之的是無聲的壓力。

我們變得不耐煩，磨擦增多，每次一起都以不愉快的結尾告終。我也開始忍不住打聽她的行蹤，想知道她是與阿剛在一起嗎？雖然明白知道了也不能要求什麼，但就是控制不住想知道。後來追問得太多，俙翹乾脆直接跟我說：「我約了阿剛，你不必再問了。」終止我的死纏。有時我也搞不清，是我的問題嗎？是我太不知足了嗎？是我給予的時間和空間還不夠嗎？

熱戀之所以被稱為熱戀，大概是因為命名者知道，終有一天熱度會退減，所有起初不計較、可以包容的事情，通通都會變得再次礙眼起來。

這天我想給俙翹一個驚喜，但遲了起床，無法準時七時半到俙翹的住處陪她回教院。其實我只遲了五分鐘，但她已然離去。

「我到你家樓下了，你走了嗎？」

「對呀！你來了？」

「嗯⋯⋯我很想見你。」

「我都走了，可以怎樣？」

接着她便掛線。從前，她不會這樣對我；從前，我也不會介意她這樣對我。或許，我們都變了，再回不到從前。

她愈是疏遠我，我便愈是焦慮，愈想向她示好。我試着捉緊每一個機會。

「今天同學問我有沒有女朋友，你猜我如何回答？」

「不知道，你說沒有吧。」俙翹手托着頭，不感興趣地回應。

「我說有呀！」

俙翹卻沒有再說話，我也沒敢說下去。我曾以為這樣說可以令她有安全感，畢竟大學生活可是個花花世界。但頃刻間我明瞭，一切都是自己多餘的想法，俙翹大概根本從不需要我給她的安全感。沉醉在傷痛的我，自然也留意不到俙翹那夾雜難過、愧疚、心痛卻又要扮作冷漠的複雜表情。我只知道，自己或許就快到臨界點了。

這些日子像分裂出兩個我，一個我和她嬉笑着，一個我則一直在冷眼旁觀。

原來人在痛苦的時候，會麻庳自己的感覺。俙翹已有好幾天沒有與我聯絡，也許是因為她不知如何面對我，也許只是因為她沒有空。我不知道，我也沒有找她。

好友淳姿見我鬱鬱寡歡，詢問我的情況，我猶豫着該不該開口。

「我還有課要上，待會在老地方見如何？」她一臉認真地問。

我點頭。

淳姿是少數我在大學裡結交的好朋友，她是個爽朗的女孩子，鼻子高高有點混血兒的模樣，梳着一頭清爽的短髮。我們是同一枝莊的莊員，經常合作，漸漸熟絡起來。跟她相處倒是挺舒服的，不論是工作時還是閒聊時，她總說話直接，從不忸怩，讓人完全沒有壓力。

「老地方」是一間快餐店，我們莊員常常在那裡聚會。我先叫了一大桶炸雞。沒多久，淳姿也到了。

「男人不外乎為兩件事煩惱，錢和女人。」淳姿一手把背包擲到桌上，在我旁邊坐下並上下打量了我一身，「看你的樣子也不像是錢，女人吧？」

我登時雙頰通紅，低頭「嗯」了一聲。

「來來來，快向姐姐傾訴！」她雙眼發光，仿似找着了什麼秘寶，興奮地搖晃着我的肩膀，我還未趕得及回她：其實我還比你大三個月呢。

我沒好氣地看向她，腦袋裡思索着應該從何說起。

「快說快說！」

「嗯……我喜歡了一個女生，她有點愛哭，我總想好好保護她……」

「嗯嗯……」淳姿竊笑着。

「但我最近發現，或許自己也是惹哭她的其中一個原因。」

「為什麼？」

我吸一口氣，把鮮有與人提起的秘密和盤托出：「因為她有男朋友。」然後便低下頭。

淳姿聽到了，但看起來並沒有反感，也沒有說什麼。

回想起來這是我第二次嘗試告訴別人自己跟俙翹的關係。還記得第一次我得到的回應是：「不好意思，我這個人對感情的事有點原則。我覺得無論基於什麼原因，介入別人的關係都是不對的。我沒有辦法繼續聽你傾訴，抱歉。」臨走時，那個朋友甚至還冷冷地拋下一句：「你就沒想過你今天的痛苦都是咎由自取的嗎？」當時我不知道該如何回應，而那位朋友的身影也很快消失在人群之中。

我忍不住想：是這樣嗎？原來一切都是我自找的？所以我是，連抱怨的權利也沒有，對吧？那位朋友令我明白，心事不該隨便傾倒他人。

我也不知道為什麼自己會有勇氣跟淳姿談起俙翹，大概是因為我真的再承受不了這份愛為我帶來的孤獨與壓抑吧。

「之後呢？」淳姿一臉關懷地問。這個正面的回應讓我如釋重負，我向她細說所有事情，當然，如同所有向人吐苦水的人一樣，我只着眼於自己的委屈。

「可能她也很辛苦呢。」淳姿卻這樣說。

我忽然想起，某次心血來潮想接俙翹放學，給她一個驚喜時，不小心聽到她與朋友的對話。

「還在苦惱中嗎？」

俙翹眉頭緊皺，一雙杏眼暗淡了下來，幽幽地說：「我當初是不是做錯了呢？」

「回想是沒有意義的喔。重要的是當下，是當下。」

俙翹沉默着，良久才緩緩吐出：「但我不想分手，不想傷害任何人……」

她掩臉，眼淚流了下來。朋友滿臉憐惜，只好拍拍她的肩膀。那天我慌張到轉身便走，不敢細想到底俙翹不想分手的，是哪一邊。

沉醉在愛的苦澀中的我，只想着為什麼自己的愛得不到回應，只想着自己就是全世界最不幸最悲慘的人。我從來沒有想過，可能俙翹也很難受。她難受嗎？確實，她夾在兩個男人之間，要面對家人，還有世俗的目光，其實也很不容易。她與我一樣，都希望在世界面前活得自信和體面。如果事情曝光了，俙翹是否會被看成是勾三搭四的女人？就因為她喜歡我？淳姿的一句話彷彿把我帶到了另一個思想上的層次。我如果說自己愛俙翹，便該付出更多努力去維繫這段感情才對。

當晚回家後我立即致電俙翹，跟她沒東沒西地說着沒有營養的事，聽着俙翹的笑聲，我感到舒心。我希望珍惜和她的每一刻，我對自己說只要她仍留在我的身邊就夠了。

偶爾孤獨難過的時候，我就會想起有天在中大校巴上收到俙翹的來電，說有一首歌想送給我。然後她突然化身王菲，唱起了《約定》：

「明日天地　只恐怕認不出自己　仍未忘跟你約定假如沒有死　就算你壯闊胸膛　不敵天氣　兩鬢斑白　都可認得你」

她的歌聲稱不上動聽，可是，對我來說，她的歌聲比王菲唱得更讓我心動，更能撥動我的心弦。

我常常靠着這些點滴讓自己堅持着，可惜，不知道是因為我沒有毅力，還是這任務實在太過艱鉅。就在某天，我打算到她樓下給她一個驚喜，邀她共晉晚餐時，卻遇見她與阿剛十指緊扣地回來。我立刻躲了起來，看見阿剛一臉甜笑，我很妒忌。隨着時間愈拖愈長，我的心漸漸再次被黑暗淹沒。

那是很平凡的一天，平凡得我早已忘了是什麼日子，我只是清晰地知道，自制力在那天用完了。我喝了點酒然後拿起電話，手中按着那個閉上眼也可以撥出的號碼（現在已是智能電話的年代，早沒有了按鈕，可是我至今依舊記得那觸感）。

「你今天可以來見我嗎？」

「今天不行……」

我知道她應該是跟阿剛有約會了。不知道哪來的勇氣（或是衝動？），我一股腦兒地對俙翹說出這些日子以來自己的委屈，並細數自己對她的好。

「我是因為真的很愛你，所以為你做了很多，我也一直在等你！」

俙翹沒有回應。

一會後，我忍不住問：「你有什麼感想？」

「非常反感！」

她的回應出乎我的意料，我一直以為她會感動落淚！

「愛是不能細數出來的。」俙翹冷冷地說（許多年以後我才想到，這句話可能不是責備我，也許亦是她待我的態度。她為我做的，從不掛於口邊）。

「就這樣吧！」那刻我也受傷了，第一次比起俙翹更早掛線。

憤怒、沮喪、悲傷、無力感……這些感覺不定時，也沒有次序地出現在我身上。

大概我跟俙翹已經完了。我感覺我的人生也完了。

其實在那之後俙翹曾致電我數次，她總是溫柔地跟我談天說地，沒有一點生氣的樣子，我卻無法不擺出受害者的姿態，以酸苦的語調回應，我覺得她傷害了我，辜負了我的感情。那陣時我不曾想到，做不成情侶，也可以做朋友呀，如果真的愛一個人，不會只想佔有她。說到底，或許我最愛的也只是自己而已。如果時光能倒流，我希望自己能更成熟去面對。但當時，我太年輕了，只是要顧好自己已經很吃力。

後來，俙翹便漸漸不再來電。也許是對我失望了，也許亦是知難而退。我們幾乎不再見面。就這樣，雖然誰也沒有正式說出「分手」兩個字，但我們還是結束了約半年的「戀愛」——一段躲藏在黑暗裡的愛。

有時我想，人真的很奇怪，以前我暗戀她還不是一樣不見得光，那時連她的手也不能觸碰，反倒能愛她很久；可是一旦相愛，我卻再不能忍受她身邊有另一個人，更不能忍受自己在她心上不是第一位。

這樣的情感，終於把我的愛磨滅，狠狠地把她推離我的身邊。那一年，俙翹教會了我多一樣東西——「失去」，也讓我初嚐那最深刻的無力感。

愛是什麼？那一年，我大概不懂。但我期待，下一次，我的愛能釀成醇酒。

我與俙翹本來就不是中學同學，家也不相近，大學亦不相同，生活本應沒有交集。現在，只是把一切都還原了而已。

雖然如此，我卻覺得自己的心像穿了一個大洞，好像永遠都不會好起來。而且我發覺「心痛」原來並不是一個虛無的形容詞，而是切實的疼痛。有時我會安慰自己，既然說戀愛像毒品，戒毒又豈會毫無苦楚？我唯有在夜裡，多喝一點酒，好麻醉身體，欺騙他其實傷口也沒有那麼痛。這樣，我勉強捱過了最痛的頭一個月。

第五章

聽說忘記一個人的最佳方法，就是愛上另一個人。

也許有人覺得這個方法很賤，我卻不這樣認為。我不是在找水泡，是在找下一個值得我付出愛的人而已。總不成被過去苦苦相纏，無法前行這樣才叫好。退一萬步說，即使我真的在找水泡——遇溺的人想要抓住救生圈，又有什麼不對？搞不好，抓着抓着就這樣一輩子，總之，沒有欺騙對方感情就可以了吧。人心難測，說不定水泡才是真愛，而前面使你遇溺的人不過是與對的人相遇的鋪墊。我把這想法告訴同班的肥仔時，他斜眼地奸笑着回我：「你很會把歪理說成道理啊！」

雖然得不到任何人的支持，我還是把信念實踐於現實當中。我不想再留在黑暗中了，我也急於想要填補心裡的洞——無論用什麼方法也好。以前因為要陪伴俙翹，我幾乎把所有時間都用在她身上，現在某程度上我算是「自由」了。我積極參與各種活動，盡量認識更多人，當然，特別是女生。然後，我便遇見了她。同樣是眼睛大大，但與俙翹的精靈搞怪不同，她總是面帶笑容，整個人身上散發着親切柔和的味道。

我拍拍身旁的肥仔，問：「那個女生是誰？」

「你竟然不認識她？海怡啊！人如其名，每次看見她都讓人如沐春風，跟我們同系的。所有人第一日已留意到她了，你是瞎了眼嗎？」

肥仔滔滔不絕地讚美海怡，我白了這個多嘴的肥仔一眼，心想你懂什麼，我這樣叫專一。心裡已有了他人時，眼睛自然不會四處張望。

就在我盤算着該怎樣才能認識海怡時，她卻徑自向我走了過來……難道……神女早已有心？我僵硬在原地，還未想好第一句開口該說什麼，要用什麼表情應對，又該做些什麼才能令對方留下印象時，她已離我愈來愈近，我感到心臟正在狂奔，幾乎要跳出體外。正當我慢慢伸手，裝作淡定打算跟她握手並介紹自己時，她卻從我身旁擦過。原來，她是在向我身後的女生打招呼……天呀，如此老套的電視劇情節竟然在現實中發生了？肥仔望着我那懸在半空尷尬的手，吹着口哨賊笑着走了。

只是，緣份到了的時候，是擋也擋不住的。

沒想到這個學期我和海怡修讀了同一科，而且剛好分配到同一組做報告。無獨有偶，連那天恥笑我的肥仔也在，就這樣，我們三人日夕相對，相熟起來。

肥仔雖然以取笑我為樂，可是關鍵時候還是常常擔任盡責的助攻，讓我與海怡能單獨相處。像這夜我們本來約好了一邊吃晚餐，一邊談談大家所找到的資料。沒想到在約定時間十分鐘前，肥仔才通知我們：「抱歉我阿姨的大女兒的小兒子受傷了，我要陪他就醫。資料已上傳到電郵，你們先聊吧。」或許有人會疑惑，難道肥仔不是單純的想做freerider嗎？可笑！我根本不在乎真相，反正只要能接近海怡便好。

「對了，為什麼你能經常保持笑容？有什麼開心的事發生嗎？」

海怡笑了笑，回道：「有很多研究都發現，笑是一件對身體有益的事情。德國科倫大學的烏倫克魯教授更說，笑一分鐘，相當於一個病人進行了四十五分鐘的鬆弛鍛煉，是一種精神放鬆法。」

對於這些像內容農場一樣的資訊，我無意探究它的真偽，就只是覺得海怡的笑容很迷人，她很美。而且相處起來十分舒服，她總是溫婉待人。

後來我才知道海怡成長於單親家庭，為人不太有自信，因此大部分時間也選擇遷就別人，甚至有時候寧願委屈自己，這樣的她反倒勾起我的保護慾。與她在一起時我總是像沐浴在溫暖的陽光中，毫無壓力，恰恰與俙翹帶給我的感覺完全相反，我和俙翹之間有太多張力與拉扯。俙翹，一想到她，我的心便痛。甩甩頭，嘗試把俙翹甩出腦外，專心想着如何把海怡追到手。

只有沒經驗的人才會以為戀愛需要表白，也只有傻仔才會在親吻和拖手前詢問對方的意見。我這樣說，不是鼓勵你用強的，而是真正的戀愛本來就該是你來我往的一場球賽，你發了球對方自然會接下，再發回去，要是對方毫無反應，你也該識相離開。戀愛，從來不是一件清清楚楚的事，而是憑感覺和拿捏好氣氛與進度的事情。

像海怡願意和我沒日沒夜地聊天，收下我的禮物，還讓我以電單車接送她上、下課，後來更攬着我的腰，把整個人靠在我身上，我便知道我們是心意相通的了。

「我是一個很難被愛觸碰的人，但我會努力的，你願意陪我努力嗎？」這天送她進門前，我對她說。

「嗯！」她甜笑着回抱我。

就這樣，我終於抱得美人歸。或許有人會認為我矯情，什麼是難以被愛？但當時我真的覺得，曾經被俙翹打開了的心，在她離開後早已再次上鎖。我懷疑自己有沒有能力再為其他人打開，所以才說出那番如今看來相當幼稚且不負責任的話。

隨着時間一天天過去，與海怡在一起的生活很愉快，雖然我知道自己並沒有把鎖匙交給她，但至少跟她一起是安逸的。我在想，原來這就是「戀愛」。或許戀愛是可以有不同形式的，不必都要愛得死去活來。肥仔知道我與海怡在一起，一直嚷着要我請他吃飯，還說他是我們的月老，我沒好氣地回他：「你忘記了你什麼都沒做，報告仍能拿甲級成績是託了誰的福嗎？」不過不只肥仔，其他同學也傳來艷羨目光。也對，海怡算是系花，能和她在一起是我的幸運。

「不對呀，我比較幸運吧！」海怡甜笑着說。

「嗯？」

「你每天對我管接管送，又常常送些小禮物給我，不少還是親手製作的，我的姊妹都說羨慕，還說回去要『投訴』自己的男友呢。」這番說話讓我感到開心，因為這一次，我的付出總算換來了珍惜。

就在我沉醉在幸福之中時，突然收到了俙翹的短訊。俙翹，這個已從我生命中消失了好一段日子的名字，我還以為她已經不會想再見到我了呢。

起初是寒暄，後來她約我見面。一般而言，人不會想記起自己的傷痛，所以不願意接觸會刺痛內心的一切，可是在俙翹面前，我狠心不下，我想知道她安好與否，也想知道我選擇離棄她自行療傷後，她過得怎麼樣。

我們見了面，我把自己交了女友的消息告訴她。

她嫣然一笑，問：「是個怎樣的女孩呢？」

「是個很會為我設想，很溫柔的女孩子。」我望進她的眼睛。

她愉快地回說：「那麼你們一定很適合，我一直覺得你與小鳥依人的女生很相配。」我沒有回答。

後來我們間中也會見面，多數是她主動找我，她不找我的時候，我也不會找她。為什麼呢？或許是我自私，我怕會再次失去，既然這樣不如乾脆一開始就不要擁有。

不知不覺我與海怡已相戀半年，誠如俙翹所言，或許我其實很適合小鳥依人的女生，與海怡在一起的日子就像如魚得水般自在融洽。雖然偶爾我總會覺得欠缺了一點什麼，大概是我們始終未有在同一個頻道上，但大致上還算不錯。

然後我們迎來了人生第一次實習，我到了深圳，而海怡則要到西安。由於當時WhatsApp等通訊軟件尚未面世，加上內地的網絡不太發達，所以我和海怡也難以聯絡，但說真的……要是你掛念一個人，總能找到方法聯繫，而事實是我確實不太想念她。

人在異地，所有事情都變得新鮮，忙着去適應，也忙着去發掘。實習處有很多女生，我常常和她們廝混在一起，也不太覺得寂寞，更是把海怡拋諸腦後。我一直以為自己只要心裡有人，眼內便再容不下他人，今日方知，原來不是心裡有人便可以，還得看心裡裝着的是什麼人。

四個月後，實習完畢，我和海怡相繼回港。說來神奇，我還以為我和海怡會生疏不少。但我們中間卻像有位剪接師把那段實習期一刀剪掉般，我和海怡仿如未曾分開過，一瞬間便回到實習期前，非常自然地相處，真的，好像什麼都沒有發生。那種感覺很奇異，到底這樣的相處模式是好還是壞？

這晚，我躺在床上看書，收到了俙翹的訊息：「我和阿剛分手了。」

我的腦袋立時空白一片，時間彷彿被誰按下了暫停鍵。

「你還好嗎？」我連打字時也放輕了力度，害怕嚇着了她。

沒有回覆。

我急得打給她，卻無人接聽。這個曾是我日夜盼望等候的結果，但此刻我卻絲毫沒有半點喜悅。我腦中只想着俙翹的心情，她還好嗎？我整夜無法入眠，而接通的電話只是一再抵達留言信箱。

第二天，我如常上學，不時查看電話，期待俙翹跟我說沒事了，她只是與阿剛為小事吵架罷了，但我還是沒有收到任何消息。晚上因為約了海怡及其他大學同學歡送一位師兄，此刻我正在等海怡下課後一起出發。但老實說，自從收到俙翹的訊息後，我整個人根本魂不附體，以致海怡站到了我面前，我還懵然不知。

「你怎麼了？」海怡一臉關切地問。

第六章

「你怎麼了？」海怡自然地把手穿入我的臂彎。

我下意識把電話放進褲袋，連忙說：「在等你呀，快要遲到了，我們趕緊起行吧。」

四周的人都在熱烈寒暄，只有我像靈魂出竅，傻傻地發呆坐着。

細心的海怡發現了，擔憂地問：「親愛的，你是不是哪裡不舒服？你的眼睛都佈滿紅絲了，昨夜睡得不好嗎？」

我搖頭說沒有。

「但你的牛肉都燒焦了，你真的沒事嗎？」她一邊說着，一邊把焦掉了的肉丟掉，順便替我把另外一些肉翻了翻。

這個時候我的電話震動了，是俙翹的來電。我的心一顫，顧不了回應海怡的提問，立刻借故去洗手間接聽。

「喂……」是俙翹略帶沙啞的聲音。看來她哭過了，我的心揪了一下。

「你還好嗎？」

「嗚嗚……」她一聽見我的聲音便開始哭起來。

「你還好嗎？你在哪？我來找你！」

「我在又一城……你現在有空嗎？」

「我立刻過來！」

回到桌上，我焦急地跟海怡說有急事要回家。海怡看我一臉着急的神情也沒多問，只說：「這裡交給我，你快走吧。」我有一剎那的內疚，我欺騙了一個信任我的人。但那樣的感受沒有停留多久，當下我的心已被俙翹完全佔據。我像風一般的離開了。

那程地鐵只有三個站，我卻彷彿坐了一小時。

應該沒有問題的，他們只是耍花槍吧。

不對，如果只是普通吵架，她沒理由會告訴我呀？

自從俙翹跟我分手後，她對我總是小心翼翼的。她很少再對我提及感情上的事。我知道這是她不想對我造成二次傷害的溫柔。所以這一次的反常，必定是發生了大事。沿途腦中轉了很多念頭，無法制止自己胡思亂想。我搖搖頭，逼自己冷靜一點。

看到俙翹了，我七上八下的心終於平穩，整個人這才覺得活了下來。眼前的俙翹雙目通紅，我心一緊，她好像又回到那個易碎的狀態。

我跟着俙翹漫無目的地在商場遊走，她依舊沒有說話，只是默默流淚……我翻翻褲袋，才發覺自己沒有帶紙巾，只好匆忙衝到便利店買點給她。

我們不知不覺走到了的士站旁邊，俙翹哭得很厲害。我從未曾見過她哭得如此悽酸，忍不住輕輕用雙手環抱她。俙翹緊捉着我腰間的衣服，沒有依靠着我，只是把頭伏在我的胸膛，我感到那裡一陣濕潤。二人都沒有說話。

良久，俙翹抽搭着說：「我想去找他。」

我心中自是有一萬個不願意，但知道那刻能讓她停止哭泣的人就只有阿剛，而我能做的，只是送她安全上車。默默看着車尾，直到它在我視線消失才離開。

回家後才想起要打給海怡，我簡單地說沒事了，是媽媽大驚小怪，海怡也沒有追問，只說無事就好。之後整晚我都在等俙翹的回電，我不敢打擾她，只能等待，而電話再一次只傳來了靜默。我默默地祈求：「阿剛，無論你做了什麼，請你不要再讓俙翹痛哭落淚。」

過了不知多少天，才終於接到俙翹的電話：「我們見面好嗎？」

推開門，俙翹有點落寞地坐在靠窗的椅子上。她的眼睛有點浮腫，顯然又哭過了。她看見我後，苦笑了一下，然後開始緩緩說起這段日子以來她和阿剛的事，也是她第一次具體告訴我她與阿剛的問題。

「和你分開後，我與阿剛的感情較以前穩定（聽到這裡時，我的心忍不住痛了一下），本來一直相安無事。直至最近阿剛去了主題公園的萬聖節活動打工，認識了一個女生。他居然嚴肅而慎重地對我說，可以給他幾個月時間出去玩嗎？他說自己還未玩夠，想試試認識其他女生。還向我保證，之後一定會回到我的身邊。我是他的初戀，或許他一直覺得為我一棵樹放棄整個森林很不值……」

我聽完後真的整個呆了，這是什麼鬼話？

「我……我……堅持不下去了，只好放手……嗚嗚……」

我什麼都沒說，只是默默聽她哭訴，並輕輕遞上紙巾。自從上次以後，我便成為一個會帶紙巾出街的男生，直到如今。

失戀後的俙翹整個人變得萎靡不堪，本來已脆弱敏感的她，更是從陶瓷進一步變成輕輕一碰便會粉碎的沙堆。我知道俙翹和我一樣，不是個能輕易把心交出去的人。而阿剛，還有我也一樣，都讓她失望了。我理解她的痛，我不敢對她說一切都會好起來的，只可以暗自期盼她能撐過去。

這段時間我一直陪在俙翹身邊，俙翹偶爾會叫我到她家中作客，我因此跟她的父母認識了。剛入大學時我已開始替俙翹的表弟補習，所以我們可以聊的話題不少，總是樂也融融的。有時甚至有種錯覺，我好像成為了這個家的一份子。我喜歡俙翹的家，他們家人之間總是流露着滿滿的愛，儘管爸爸和姐姐比較安靜少說話，多是俙翹活潑地分享，媽媽在旁一臉溫柔地笑着，但那種和諧友愛卻滲透在每一個角落，和我家那種疏離感很不一樣，小時候我的父母可是常常吵架呢。

這段日子，我很清楚自己被俙翹打開過的心原來從未關上，我靜下心來思索，認真問自己：「我要與海怡分手，然後和俙翹在一起嗎？」我想起以前和俙翹一起的甜蜜，與她靈魂的同步，還有那種心靈契合的滿足。可是我同時想起了，因為相似，因為着緊，因為在乎，我們爭吵的日子也不少，總是風風火火的。現在和海怡一起，確實間中覺得平淡，但大部分的時間都愜意而舒心。我沒有什麼理由要和這麼好的女孩分開，我也不想傷害一個這麼愛我的人。是否，當初俙翹也和我有一樣的掙扎？

這時，我想起了一句老掉牙的話：「你最愛的人並不一定是最適合和你在一起的人。」

俙翹或許也感應到我的心事吧，她一直提醒我海怡是個好女生，又說她跟我很合襯，似乎不希望我想太多。或許俙翹也害怕與我會悲劇重演？我依然猶豫不決，而日子一天天地流逝。我和俙翹的接觸還是很多，有點像回到了地下情之前的感覺，習慣了彼此的陪伴和存在。某天，在送她回兼職的路上，她遞了一封信給我，俏皮地眨眨眼，說：「你回家才看吧。」

我的心卜卜跳，近乎飛奔回家。那是一封長長的、手寫的信。

「……很感謝你這段時間的陪伴。你像浮木一樣，在我遇溺時拯救了我。我不能想像這段時間如果沒有你這位老朋友，我會怎麼樣。很喜歡你在我的身邊，我覺得跟你現在的距離是最好的。希望我們能這樣永遠在一起！Good luck to us!」

讀完信後，我的心情有點難以形容，像是鬆了一口氣，又像失落了一份瑰寶。這封信是我收到過最貴重的禮物，紙會腐爛，但文字卻不蝕。俙翹是怕我會按捺不住，決定提早在我們之間畫好一條界線。兩年前，我們曾輕率地跨越了那條線，最終令大家都受傷了。兩年後，我們確實應該作出不一樣的選擇。而且我也有海怡了，過得很幸福，不是嗎？這是俙翹尋找到的答案……但，我呢？

我的煩惱並沒有持續多久，因為在和阿剛分手後約兩個月，俙翹告訴我：「我有新男友了。」

我征了征，還是回傳：「恭喜！」對，這就是屬於我們最好的結果。我像催眠自己般一直重覆在腦海播放着這句話。

俙翹的新男友叫麒麟，是我跟俙翹取名的。他總是把頭髮梳得高高，宛如孫悟空。個性也很「特別」，經常愛說自己與眾不同。麒麟是阿剛的高中同班同學，聽說一直暗戀俙翹，只是苦無機會，這次也算是守得雲開。

我突然想起，有天和淳姿在又一城閒逛時碰到阿剛，他整個人像被頹喪包圍着，和俙翹在一起時的容光煥發簡直判若兩人，看來分手後他也並不好過。或許阿剛並不如俙翹所言，不太看重她？抑或男人都是失去後才會學懂珍惜？我曾盤算過應否把此事告訴俙翹，但見她才稍為振作，又開始了一段新戀情，最終還是把此事擱置一旁，靜觀其變。

「這個女人真厲害，總是能讓男人為她失魂落魄。」淳姿說完後斜眼瞄了我一記，嘴角冷笑，極盡嘲諷之意。

我有點不好意思地搔搔頭，問：「你很討厭她嗎？」

「沒有喜歡就是了。」

「但你當初不是還替她講說話了嗎？」

「當初你已經洗濕了頭，我也只能那麼說。而且當時你也沒女朋友，但你現在已經不一樣了。」

我知道淳姿很不滿我已經有了海怡，但還花許多心思在俙翹身上。其實我明白，這件事任誰看也是不對吧，但我真的無法放下俙翹不管。

麒麟表面上對俙翹很好，會帶她去高級餐廳，也會送貴重的禮物。不過俙翹跟我說，她覺得麒麟對她的好只是一種表演，是想呈現給別人看，自己是一個好男友的那種。說白了，就是俙翹沒有感覺到被愛。但有時我也會想，會不會是因為俙翹把麒麟當成水泡所以才拒絕被愛？那麼我呢？我對海怡也是這樣嗎？我們以後會怎麼樣？然而這種思考時間不會太長，畢竟那時我們才廿多歲，未來是過於遙遠的事情。今朝有酒今朝醉就好了。

我和俙翹兜了一個圈，又回到了原點，此刻我們身旁都有着另一個人。不過發生過的事情總會留下痕跡，譬如我和俙翹永遠不會是單純友誼的關係。我們也不是「朋友以上，戀人未滿」的狀態，我們已經走過了戀人的階段。沒有朋友是能隨傳隨到的，你也不會對朋友「撒嬌」，想要依靠他。我們不是朋友。到了現在，我依然找不到適合的用詞來定義我與俙翹的關係。但或許錯綜複雜就是生命的本相，過於執着才是徒勞，就順着自己的心而行吧。

「我很珍惜你。」俙翹說。

「我也是。」

我與俙翹都為對方在心裡闢出了一處最佳位置，不讓任何人進駐。這是我和俙翹雖未言明，卻默默做了的事情。這是，我們的默契。我們變得比從前更親密。當然，我們彼此也沒有再越過那道男女之間的界線——至少在肉體上。

「我最近看了一本書，叫做《幸福來了》，很有趣的。是講一對男女拿着大辭典發誓：永結異性友誼，不滲以男女情愛，否則願遭所持誓書轟頂。當他們的情人在身旁，他們便會傳『幸福來了！』的短訊給對方，意思是此刻你不要找我，免發生誤會。」俙翹興沖沖地朝我介紹這書。我很快便領略到她的意思，我們是好朋友⋯⋯又或是比好朋友更多一點的關係，但我們絕對不打擾更不阻擋對方的幸福。

「麒麟昨夜向我求婚。」茶餐廳中，俙翹優雅地呷了一口可樂後說出。

我震驚得只能張開口，一會後才口震震地問：「你⋯⋯答應了？」

俙翹帶點憂怨地搖頭：「沒有⋯⋯」

我暗自舒了一口氣，幸好俙翹沒有留意我的反應。我明白她憂怨的原因，大概是她終於發現自己對阿剛仍餘情未了（從她常常突然失神中，我早就猜到了她根本不曾放下這個人），而她也猜不到麒麟會那麼快求婚吧。麒麟還真的神經病，才拍了拖幾個月，求什麼婚？而且大家都還是未畢業的大學生，他害怕俙翹離開也不用這樣吧。何況什麼年代了，還以為一紙婚書能約束人？我的腦裡爆發着一連串對麒麟「白目」的抱怨。

過了幾天後，俙翹跟我說她跟麒麟分手了，她看上去雖然沒有之前跟阿剛分手那樣悲傷，但我卻感受到她內心有了更深的空洞。

「我想去泰國。」俙翹跟我說。

她突然提出要出走，大概是想離開傷心地，讓濃烈的情緒被異國的陌生稀釋掉吧。泰國有她去澳洲實習時認識的朋友，對方知道她的情況後也熱烈邀請她到當地散心。我知道他們有過曖昧。俙翹曾跟我分享泰國仔寫給她的信，正值傷心的俙翹急需一個溫暖懷抱，而泰國仔順理成章成了最適合的人選——至少比我適合。

那一早我跟俙翹約好送她到機場。清晨五時，我到她家樓下等候，當天竟下了雪，不，香港怎麼會下雪呢？看真點，原來是山火的灰。這是我第二次親手把她送到另一個男人身邊，上天也想贈慶一下嗎？

俙翹下樓時滿臉不願意，她怯場了，不欲起行。我理解她的不安，也知道膽小的她當時真的傷透了才會提出要出走的點子。我強行逼迫着她去，截了的士陪伴她到機場，目送她離境。我知道她需要一點改變，更清楚自己沒辦法治好她心裡的傷痛，她只有離開，才有機會重生。就算我多麼不願意，理性告訴我有必要推她一把。

大概一星期後，俙翹回來了。她的心情確實略為好轉，高興地分享着經歷，說泰國仔如何待她好，他們之間又發生了什麼。我沒有記得很清楚，因為我其實不想聽。俙翹雖然笑着，但還是能從她眼角的寂寥與暗淡看出，傷痛仍未被撫平，看來她真的很愛阿剛。加上課業和兼職的忙碌，她整個人活得一臉奄悶，像是生活再無令人喜悅的事。

「我們一起去趟畢業旅行好不好？」某天她忽然問。

「好。」我近乎沒有思考的立即回答。因為擔心若拒絕了，這將成為我餘生的遺憾。

「我之前在澳洲實習時認識了那邊的寄宿家庭，很掛念他們！不如我們就去澳洲，好嗎？」俙翹的大眼睛閃亮起來。

「好呀！」

看見她打起精神，我也就放寬心了。「我有駕照，我們可以自駕遊！」她開心得拍起手來。

就這樣，我們約定了接下來的暑假，二人一同前往澳洲享受畢業旅行。看着俙翹的笑臉，我感到滿足。在此時此刻，我卻忘了一個很重要的人——海怡。

第七章

「你怎麼了？」海怡一邊切着牛扒，一邊以關注的目光詢問。

我們正身處一間港式西餐廳，由於我們都是學生，有時想鋸扒卻又不想太貴，便會來這裡。其實海怡真的很不錯，無論和她吃什麼，她都開開心心的，從不抱怨，連眉頭也不皺一下，彷彿整個人都在說：「我和你在一起就已經很快樂。」

「沒什麼。」我微笑着搖頭。

海怡把切好的牛扒遞上給我：「吃吧。」然後把我那塊未切好的移到自己面前。一如以往地柔順、微笑。她真的很好，好到無可挑剔。有時我也不禁想，我值得她對我這樣好嗎？

只是，我開口說的不是道謝，而是：「我打算畢業旅行去澳洲。」

「澳洲？好呀，我也未去過呢。」

「我打算自己去。」

海怡切扒的手勢停頓了一下。

「為什麼？」她的瞳孔微微擴張，帶點不可置信地問。

我沒有找任何藉口，也沒法告訴她我會跟俙翹去，畢竟她知道我跟俙翹的事。早在我們開始時，便跟海怡利益申報過自己的情史。我沒有正面回應海怡的問題，只跟她說我想自己去走走，並找一些舊同學相聚，確實我也打算去找在那邊讀書的中學朋友，不算說謊。海怡沒法理解我的決定，為此她很生氣。

「渣男」，當年尚未有這個形容詞，但回想起來，也沒有其他更合適的字眼去形容那一刻的我。

我和海怡的關係就此膠着，不知道該怎麼辦。可是時間卻不會停下來，要處理的事情還是需要處理，譬如去澳洲的準備。我和俙翹一同申請簽證，一起規劃行程。看見眼前興奮的俙翹，我就感到滿足。我們計劃遊玩一整個月，回來後我便會正式踏入「社蓄」的生活，所以索性把所有煩心事都拋到九丈遠，只專注與俙翹一同商量如何渡過我們的美好假期。為了幫補旅費，我成了薄餅店的外賣車手，我本來就喜歡揸電單車，這份兼職可說是名正言順地有人付錢給我做喜歡的事。

這段期間，我和海怡仍然糾纏不清。有時我們會像沒事人一樣相處，間中還會有甜蜜的時間；有時海怡卻會冷着一張臉，我們會為芝麻綠豆的小事吵架。我知道，她並不是那麼無理取鬧的人，大概是那根刺偶爾痛得讓她不得不面對現實，可她又不想放手，因而她的情緒才如此反覆無常。我竟把一個沒有脾氣的人變成這樣。

隨着前往澳洲的日子愈來愈近，海怡的情緒愈是緜緊，她最後問了一句：「你一定得去嗎？」

「嗯。」我用輕柔但堅定的聲音回答，海怡便再沒有說什麼。

我一心沉浸在澳洲之旅，沒有察覺到俙翹找我的時間比以前少了。就在出發前不久，俙翹跟我說：「我和阿剛復合了。」

有一瞬間，我連呼吸也忘掉，好像跌進了一個異空間，一切都靜止了。

「阿剛做了一件其他人不可能做到的事。」俙翹說。

事？什麼事？是什麼只有阿剛能做到但其他人做不到的？是什麼呢？好想知道，我真的好想知道是什麼，到底發生了什麼竟可以叫俙翹回心轉意？我認識的俙翹確實是個會心軟的人，她對重視的人沒法做出狠心的離別。可是，這一次是原則問題，俙翹不會不知道復合的路有多難走，又有多少的眼淚需要流。

「你怎樣看他們的復合？」淳姿問我。

我沉思了一會。

「我想我是開心的，我感受到失去阿剛後俙翹有多脆弱……可以的話，我願意用任何東西去交換回她的堅壯，即使那是她要回到那個人的身邊。」

「認真？」淳姿再問。

我點點頭。

對，我是為他們感到高興的。我只是擔心他們沒法再建立信任。而另一方面，我承認我也妒忌阿剛，我妒忌他能擁有俙翹的原諒，俙翹為他付出了很多愛，她甚至願意為他放下自己，嘗試擁抱傷痕……如果有人問起，我最想成為誰時，我會回答我人生中唯一羨慕過的人，就是阿剛。

伴隨他們的復合，本來是療傷之旅的澳洲之行變得尷尬起來，我應該要問俙翹：「我們的澳洲之旅還繼續嗎？」我卻沒敢問出口，因為不想給俙翹有拒絕的機會。我知道自己很自私，他們剛復合，本應讓他們多點時間相處。我曾想過要是俙翹跟我說，不想去澳洲了，我會怎麼樣？我必定會如此回答：「當然，我明白的。」只是我不知道如果她真的這樣提出時，我承受得住嗎？幸運的是，俙翹沒有提出，她照常跟我計劃旅程。我揪着的心終於鬆開。這樣便好，這樣就夠了。我對自己說。

阿剛，就借俙翹的一點時間給我吧。

第八章

暑假來到，我們最終來到了這片從未幻想過會踏足的土地，我沒有告訴俙翹，一直到飛機起飛，我的心才變得踏實。我害怕她在最後一刻後悔我們的澳洲之旅，害怕她會因為不捨得阿剛而不願離開。

我的不安並非毫無因由，俙翹沒有與我一同前往機場，只說在離境大堂內等。愈接近登機的時間，我便愈焦慮。終於在晚上九時，是我們最後能上機的機會，俙翹才紅着眼睛匆匆出現。我有點委屈，何以我竟一夕間成了橫空拆散一對痴情苦命鴛鴦的壞人？不自覺嘆了一口氣，俙翹傳來一記疑惑的眼神，我只是苦笑着搖搖頭。幸好在機上，俙翹已調整好情緒，開始與我有說有笑，旅行的快樂和興奮再一次包圍了我們。我也提起了精神，為到自己能完全的擁有俙翹——至少在這趟旅行期間，而深感高興。

我們在墨爾本落機，有一位俙翹之前做交換生時認識的朋友文睿來接機，我沒有問過俙翹跟文睿的故事。不過見到他本人後，我猜他應該也是喜歡俙翹的吧。俙翹會借住他家，而我則到青年旅館留宿。辦好入住手續後，我們便一同前往文睿的家吃飯和聊天，隨後我自己一人坐火車回到旅館中。

日間我們一同遊玩，夜晚我則獨自回到旅館。如是者過了兩晚，我突然在火車歸途中感到深深的寂寥，像是自己被誰無情地拋下了。明明我是與俙翹一同結伴旅行的，為何竟得我一人孤身在長夜？計劃旅程時，我沒有料到原來與俙翹住在不同的地方感覺竟如此難受，當時只覺得三十分鐘的車程不過一眨眼便過。我也沒有想過習慣獨居的自己，原來到了異地會如此害怕寂寞。但我總不能開口讓陌生的文睿接濟我吧，我們並無交情……就在我逐漸被鬱悶填滿內心，開始反問自己如此辛苦到底是為了什麼時，俙翹似乎察覺到我的心思，她詢問文睿是否能讓我也暫住他的家。幸好這位文睿為人慷慨隨和，答應了俙翹的要求，於是我們去買了一個睡袋，此後，我便睡在俙翹房間的地下。地板雖然很硬，不及青年旅舍的床溫暖柔軟，可是能與俙翹二十四小時在一起，足以教我滿足。

唯一令我難受的地方，就是必須忍耐她與阿剛的視像通話。當我看見俙翹纏綿的眼神，聽見她語帶娃娃音的嬌滴聲，那都是我無法觸及的另一面。我知道俙翹不想撇下我，不想讓我失望，才繼續這趟旅程。我感激她的體貼，但這樣的溫柔伴隨的，卻是我無法忽視的殘忍。

她喜歡阿剛，很喜歡。我從她整個人身上，深深地感受到了。重重地吸了一口氣，把視線從俙翹身上抽離，將注意力轉移到手上的遊戲機中（當時帶遊戲機去的原因，就是害怕有這一刻，我實在不得不佩服自己的先見之明），希望藉此減輕心裡的傷痛，當然效果一般，但「食得鹹魚抵得渴」，這是我自己選擇的道路。

直至到了塔斯曼尼亞，對我來說這才是真正能享受的旅程。俙翹的身邊再沒有文睿，也沒有阿剛（暫時），只有我們。離開那班內陸機後的空氣是我未曾品嚐過的清新，就好像我的心情一樣，終於捱過了濕熱的梅雨，迎來了清爽的夏風，整個人舒坦不少。情緒或許總是能互相感染，俙翹似乎也被我的愉快影響，我們常常沒來由地哈哈大笑起來，我覺得人生的幸福不過如此。

此行我們預訂了另一間青年旅館，抵步後才發現旅館非常殘舊，有一種霉味若隱若現，洗澡的地方也是共用的，我和俙翹互望一眼後，便決定立刻退房。我們逃也似地離開，並在路上便利店買了兩罐啤酒，一同定定驚。

「這是誰訂下的住宿？」俙翹鼓起腮，裝作生氣地問。

「這是『我們』一起訂的，所有的決定都是『我們』達成共識所做的。」我特別強調了「我們」二字，以妨她耍賴。

「都說『照騙』、『照騙』，沒想到這情況也能應用在旅館上呢。」俙翹吐吐舌頭。我們重看剛剛在房間拍的照片，笑起來。

我輕拍她的肩：「好了，既然是來旅行，我們也不要過於節省。走，去住好的酒店！」

就這樣，我們入住了一間彼此都滿意和喜歡的地方。夜裡我再偷偷計算旅費，幸好之前有打工，接下來在吃的方面節省一點，應該還好。

安頓好住宿後，我們再租了車子，正式開始我們的自駕遊。說起來，這還是我第一次自駕遊，那個年代沒有手機 GPS，租來的 GPS 定位也不太準，因此我常常走錯路。

「現在顯示距離目的地四十五分鐘。」俙翹看着車上 GPS 說。「不過……我們應該九十分鐘才會到。」說罷，對我壞笑着。

「……」正中要害，我沒能提出反駁的理據。只能回敬一個禮貌而不失尷尬的笑容。但其實我從不怕兜了遠路，也不怕用多了時間，因為身邊坐着我最喜歡的人。一切對我來說，都是種享受。

我們到了很多地方，看過不同風景，其中印象最深的是一個叫亞瑟港（Port Arthur）的地方，那裡曾是英國收押囚犯之處，不知是否與世隔絕的關係，我總感受到一種額外的寧靜。

閉上眼睛，彷彿能聽見風的聲音。又或許與地點無關，只因為俙翹在我身旁，我便感到平靜。至今，我依然時時想起那日寧謐的時光，永世難忘。離開前，我們在一本讓旅客留名的簿上簽下名字，我衝口而出地問：「俙翹，你說我們以後還有機會再來一次嗎？」

俙翹卻沒有回應，只是問：「你現在想去哪裡？」

在地圖上剛巧看到有片森林景區，便提議不如到那裡看看。

剛到不久，我就發現俙翹與我不同，對大自然的景觀似乎無甚興趣。她總是一臉無聊，四處張望，似乎沒有什麼能引起她的關注。這時候有一家人請我們為其拍照，我趁此機會也着他們為我們留下倩影。

那張照片，一直都放在我的辦公室桌上，有時候不太相熟的人看見，還誤以為那是我的女友，我總是笑笑，也不作解釋。或許在另一個平行時空裡，我們可能真的成為了戀人也說不定，誰知道呢。

如果今天只有我一人，大概我可以流連這片森林一整天吧。我愛看那綠悠悠的大樹，我喜歡聽不同鳥兒的歌聲，我還喜歡抬頭望那偌大的藍藍天空……

然而走了沒多久，我主動說道：「好了，我滿足了親親大自然的心，我們回去吧。」

「真的嗎？」俙翹無聊的神情瞬間發亮。

「對呀，走吧。」我笑着摸摸她的頭。

離開森林後，我倆找了一間餐廳休息，大快朵頤。俙翹嘴饞的樣子，惹得我連連發笑。「不知道的話還以為你從難民營過來呢。」

「你才難民！不是，你試試這道菜，真的超好味。」說完，她夾起了一塊肉，放到我的嘴邊，我張開口，一咬。我覺得自己吃的並不是肉，而是幸福。如果世界有神，我希望神能把時間停在這刻。不過凡人始終難以得見神，我們終於又回到墨爾本。

嚐到了自駕遊好處的我們，繼續租着車子四處遊走。

「你知道嗎，文睿開車很像小孩，戰戰兢兢的，我最喜歡阿剛駕車時的樣子，他會單手揸車，再一手拖着我，很有型！」俙翹忽然說起。

我不知道該怎麼回應，只好乾笑兩聲。

俙翹或許也察覺自己說錯話了，靜默了好一會。氣氛有點尷尬。突然，她興沖沖地提出：「我也想試試揸車。」我雖然有點猶疑，還是讓出了位置。我對俙翹，從來無法說出一個「不」字。

不過又或許，我心底裡曾認為，就算今天出了意外，若能與俙翹同行，倒也不錯。說時遲那時快，車子因速度過快，就在一個彎位三百六十度轉了一個圈，跌入了一個坑。

驚魂甫定之際，為了安撫俙翹，我趕忙說：「沒事沒事。」我的定心丸相當有效，俙翹睜大的眼睛漸漸回復正常，朝我點點頭。

下車細察後，知道問題不大，便讓俙翹下來，我再把車子駛出，幸好車身也沒任何損毀，不用擔心賠償問題。一路上，我們說回剛才的驚險，大笑着：「我們現在可說是生死之交了！」沒有責怪，也沒有愧疚，我們只是把它當成一種經歷，一種屬於我們彼此獨特的經歷。

外國和香港最大的不同便是地方真的很大，動輒可能要駛上數小時的車程。

本來與俙翹在一起，再長的路程我也不覺苦，偏偏有時她無聊，會致電與阿剛聊天。聽着他們的對話，我的心總是絞着痛，無法不去想，若果當初我在他們分開時，不猶疑早點向俙翹表白，一切會不會有所不同？我總是忍不住往這樣的方向想，我的腦袋好像就快要爆了，只得把車子停在一旁，下車去抽菸，以逃離俙翹與阿剛對我實行的「酷刑」。

回到車上時，俙翹已掛斷了電話，之後的旅程她再沒有在我面前致電阿剛，甚至是從此以後，我們的交往也沒有再出現這樣的事情。聰明如俙翹，或許早就從我難看的臉色上猜到我的心思，只是我們一向有默契地不說破彼此的心事。我知道自己的位置根本沒有權利計較什麼，可我就是沒法管束好自己的心，不止阿剛，我討厭所有在俙翹身邊的異性。

在澳洲時我們認識了一位叫智恆的朋友，他也是我與俙翹第一次認識的共同朋友，俙翹很喜歡他，我也是，可是同時我又妒忌他，任何一個可能在俙翹心上佔有位置的人，都使我嫉妒。如果可以，只願她的心向我一人敞開，她的笑容只為我一人綻放。我想我也許是瘋了，甚至有時在聚會中必須出走，避開她與他人的互動，才能稍稍平靜下來。

快樂的時間總是過得特別快，轉眼間我們來到澳洲已接近兩個星期。這兩個星期我為到能與俙翹日日夜夜的共處而感到幸福不已，每天睜眼後與閉眼前心頭都是充盈滿足，我的嘴角也不自覺地長期掛着笑意。只是另一邊廂，阿剛卻始終陰魂不散地夾在我們之間，成為我心上的一根刺。

還記得某天俙翹焦急地找我，哽咽地說弄丟了阿剛送她的手鏈，我只好趕忙和她四處尋找，費了一番功夫，終於在住宿處某個門口的角落找到。她激動得一把抱住了我，我們已經很久沒有如此親密的接觸了。天知道我的內心有多五味雜陳，原來我已微小得要因為阿剛才可獲得擁抱嗎？我只能無力地垂下雙手，任由眼前人把我抱得再緊，而我的心，只是一直冷下去。

復合後的俙翹和阿剛比以往更如膠似漆，人們常說近水樓台先得月，可是我深刻體會到，當眼前人的心不在你處時，縱然你和她相隔咫尺，終形如天涯。相反，俙翹和阿剛明明相距十萬八千里，卻依然緊靠對方。從前如是，至今如是。明明是我常常陪伴在俙翹身邊，卻終究沒能成為她心繫之人。

這天俙翹略帶猶疑地問：「想去的地方好像都逛過了，澳洲原來也不是很好玩，不如……我們早點回香港，好嗎？」

她的說話像利刃一般劃過我心房。好嗎？我可以答不好嗎？我心心念念的皆是旅程永遠不會完結，然而勉強留着你的人，又有何意義？你的心早就飄到了阿剛的身邊吧。

「好呀，我更改機票的回港日子吧。」我笑着回答。

俙翹聽到後嫣然一笑，略帶嬌嗔地說：「就知道你對我最好！」是的，我對你最好了，可惜卻始終沒能留住你。

就這樣，一個月的行程，被縮短成兩個星期。我的畢業之旅，被硬生生地腰斬了。呀，我還真的差點不記得，這是我的畢業之旅。

「你幸福就好。」我默默地對在我心中的那個你說。

第九章

回港的客機上，我一直沒有閉眼入眠。

難以形容現在自己的心情，是不捨？難過？悲傷？憤恨？釋懷？洩氣？疼痛？好像什麼都有，又好像什麼都沒有。複雜。難以言喻。

有點像眾多顏色加在一起被快速轉動時，反倒只能看見白色一樣。我現在的腦袋也是，因為塞滿太多東西，最終竟像什麼也觸碰不到。我所知的僅有，身旁傳來俙翹熟睡後輕微的呼吸聲，是唯一能讓我稍稍感到安心的所在。她如嬰兒般安睡的臉龐，今夜以後，我恐怕再難望見。我把蓋在她身上的毛毯輕輕拉高，以防她着涼。再過多數小時，我便要把她交還到阿剛身邊。我望向窗外，漆黑一片，就像我的心。

機場內，看着俙翹蹦蹦跳跳跑向阿剛，我只是微笑着揮揮手道別，終究什麼也沒有說出口——我還可以講什麼呢？難道跟她說其實我仍愛她，甚至比從前更甚嗎？難道叫她不要走，我可以比阿剛讓她更幸福嗎？難道我說了，她就會留下嗎？已經連眼角也再無法捕捉到俙翹和阿剛的身影，他們離去了，毫無牽掛地。

澳洲回來以後，我的腦海常常響起俙翹的聲音。放心，我並不是憶愛成狂出現了幻聽，我只是一時間不習慣過去十多天廿四小時都黏在一起的可人兒突然不在了。我經常有種錯覺，以為一轉身她又會從哪兒愉快地跳出來，說：「嚇到了你吧。」當然，沒有，家裡只得我一個。

我並不後悔畢業旅行拋下大學同學和海怡而選擇與俙翹同行。我們創造了屬於彼此獨有的回憶。作為友達以上的朋友，我想我們相處是融洽而舒適的。我又想起了她寫給我那封信：「我們現在的距離是最好的」。或許她比我看得更清楚，相比從前我們在一起時的種種張力，現在確實舒心許多。只是俙翹永遠不知道，在那十多天能放下所有，完全擁有她，一心一意與她生活在一起的日子，我是過得多麼愜意，而這又使我多麼眷戀。回想起她的笑臉，她的氣味，她生氣的模樣，甚至是使我呷醋的時光……一切一切，都讓我想留着，渴望能延續下去。

我終於按捺不住，提起筆寫下一封向俙翹表白的信。把自己的心情、愛意、想法通通都傾注在那一筆一劃之中，想讓她知道，我最愛的從來只有她。以前是，現在是，將來，也恐怕是。

只是信寫到一半，我卻不知道該如何再寫下去，所以我是想要把俙翹從阿剛手中搶過來嗎？（我能做到嗎？）我有信心和俙翹在一起時，能不重複當年面對過的問題嗎？我願意放下現有的一切，冒險走向未知嗎？望着躺在旁邊那封「最好距離的信」，我不禁猶疑，重新思考俙翹當天寫下此信時的思緒，好像又稍為了解多了一點她做這個決定的原因。寫到一半的信，就這樣被擱置着，連同我心中的種種疑問。我騎着電單車到俙翹家的樓下，心想，倒不如痛快地親口跟她說吧。

然而那一個晚上，我不只等到了俙翹，我再一次等到了她與阿剛十指緊扣回來，而且這一次，不只阿剛甜笑着，身旁的俙翹也是整個人被幸福圍繞。眼前這景象任誰都看得出，現在兩人之間，再沒有旁人能插足的空間。我開車走了。

回家的路上，思索着我跟俙翹的一切，在無人的公路上大叫「李俙翹！」似乎我的執着，伴隨那叫聲一同離開了我，好像釋懷了。俙翹已覓得自己的最愛，我也該珍惜屬於自己的緣份吧。我決定要重新好好與海怡在一起。我也是時候好好走自己的路了。

我真的這樣想，也把目光重新專注回與海怡的關係上。但可惜世事並不是你想怎樣就怎樣的，當海怡顫抖着手，強忍着淚把我那夜寫到一半的表白信和俙翹寫的「距離信」拿到我面前的時候，我整個人都懵了。

海怡是個乖巧、文靜、柔情的女生，那是我第一次在她的眼內看見剛強。她至此至終沒有留下一滴淚，只是問我打算怎麼做，那刻我沒想太多，一把抱住了她，不斷說對不起。我挽留了海怡，我確實不想失去她，在去澳洲畢業旅行的時候，我只趁俙翹和朋友吃飯時抽空打過一次電話給她，她沒有不滿，也沒有投訴。電話那頭的她，只是相當雀躍地問我過得好不好，玩得開不開心。她是個好女孩，和她在一起時我總是舒適自在的，我捨不得她對我的好。但或許心底裡真正的原因更是，我知道自己跟俙翹不會有可能了。而且我也認為有必要抓緊屬於自己的幸福。

卑鄙，我知道。但人不都這樣嗎？所有人到最後最愛的也只有自己。

海怡選擇了原諒我。她把我的半封表白信連同俙翹寫的「距離信」收走了，她說：「這樣對我們都好。這樣，你會比較容易忘記她，忘記一切。」我不知道海怡如何處理那些信，但我記得她踉蹌的腳步。一向瘦削的她，那刻背影更是單薄。我想，我對她真的做了很壞的事。

從那時候開始，我對海怡總是懷有一種愧疚，也漸漸意識到，自己原來並不是個好人。有很長很長的一段日子，我再不敢給予誰承諾。俙翹不知道這一切，我不願她知道，怕她歉疚，會認為自己破壞了我與海怡的關係，而且我想她現時與阿剛打得火熱，也不會有空理會我。想到這，我的心又忍不住酸了一下。

可是這次我錯了，回來後沒多久，俙翹竟像往日般與我聯絡，我們會出去見面、吃飯、傾訴心事……阿剛不再成為我們關係的阻礙，又或許可以說，我不再成為他們的阻礙。

我與俙翹的關係徹底改變，而這項改變也許從俙翹寫下那封「距離信」時便早已奠定，不，也許在更久之前，只是當時的我未能接收到相關訊號。只有我自己一人在停滯不前和心存希望。

我依舊偶然會到俙翹家中作客，她的父母包括家姐也很習慣我在這個家裡出現。有時我也會好奇，不知道在他們眼中是如何看待我這個「不是女兒的男友」卻經常出現在他們家中的男人？有次我們聊起澳洲旅程的種種，當我說到興起時，俙翹卻踢了踢我的腳，向我狂打眼色。後來才知道，原來她的家人不知道我們在旅遊時住在一起。我還知道，除了阿剛以外，我是俙翹唯一帶回家中的異性，至少求婚的麒麟便從未曾有緣踏足此地。不瞞大家，每次想到這，我確實有點沾沾自喜，因為我是特別的。

飯後我與俙翹聊天。

「你就快畢業了呢。」

「對呀，要做打工仔了。你要好好享受餘下做學生的時光呀，準Miss。」

「不知道我們以後會變成怎樣呢？」

「怎樣都好，最重要是我們要永遠在對方身邊，互相支持。」

「對！還有我們都要成為讓世界刮目相看、出色的人！」

說得興起之時，我們還擊掌為誓！

轉眼間我已大學畢業，進入到會計師行，是其中一所BIG4公司，正式成為一名打工仔，不，是一名即將沒日沒夜獻身於工作中的社畜。每個人都知道，BIG4是會計師們的踏腳石（當然只有少數精英能晉身高層），在BIG4工作過已是一種成功的認證。可是你要想在這裡站得住腳，即使毋須出賣靈魂，也至少要暫時忘卻靈魂。這裡的工作，將會讓你忘掉一切，也是從這一年開始，我知道了什麼叫「斷六親」。

我開始了新的生活，認識了新的朋友，海怡依舊伴在我旁，只是我們的關係愈來愈淡薄，有時候我甚至會忘了自己有女友這回事。或許她間中也記不起自己有個男朋友。

俙翹這一年還在學院之中，教師的課程共要修讀四年，比一般大學多了一年的時光，我們從個多月見一次面，變成了一年大概只相約兩次。但這時的我已沒有心力想這些，腦袋裡只是塞滿了數字和一個個死線。

第十章

在開始斷六親前，我曾度過一個短暫的蜜月期。有點像以前考高考前，初讀中六時的情況。你想想，拼過了中五的會考公開試，成功留了下來升讀中六，而中七的高考則還未來到，這段時間自然是愉快而甜蜜的。

會計並非我大學的主修科，所以進了公司後我必須修讀一個轉換課程（費用可是公司全包的呢，大概現在已沒有這樣的福利了）才能正式開始工作。聽來也許感到很神奇，怎麼會有不是會計科的畢業生，卻跑去做會計的工作？但事實上不少會計公司的僱主卻是十分喜歡聘請這樣的人，他們認為這些人的思維不一樣，或許可以為公司帶來更好的協同效應。雖然聽聞現在已少了很多這樣的人入行。總之，這件事在當時而言很普遍，我也是抱着但試無妨的心態，跟隨同學柴娃娃地報名，沒想到幸運女神卻相當眷顧我，筆試成功了。

還記得第一次面試時，我因為賴床遲到了，在火速騎着電單車前往時想着「唉！真糟糕」，經理卻因為我對數字的敏感而讓我過關（回想起來，這樣珍惜人才的上司也實屬難得，現在有太多人喜歡挑剔或聚焦別人的錯處了）。最後一關的面試官為公司合伙人，和經理一樣，同樣是位外籍女士，她已在這裡工作了二十多年。我能感受到她並不是特別喜歡我，想來這份工作可能「凍過水」，於是把心一橫忍不住在最後問她：「為何你能一生都在這裡工作？」她戚了戚眉，似乎有點意外我會問她這樣的問題，沉思了一會後，微笑着凝視我說：「因為這裡充滿了許多聰明人。」不久後，我居然收到了取錄的通知。更戲劇性的是，和我一同報名的同學通通都落選了，難怪有無心插柳柳成蔭這樣的古語。

就讀轉換課程的時間，就是我剛才提到的蜜月期。那裡全是非會計系畢業的大學生，我們很快便混熟，還一起組織了不同的聯誼活動，感覺上和讀大學時沒什麼兩樣，不如說更開心，因為這可是帶薪學習呢。

在眾多活動中，我最有印象的一次是我們去了酒吧，當時正流行着「酒精放題」這類噱頭性的活動，故名思義，就是一個價錢能把酒任喝，喝到死也沒有人會理你。偏我還真的喝到不省人事，簡直像是在用生命送酒。曾試過一次把同事嚇得半死，他們甚至召了救護車，將我送到醫院，當然最後還是沒什麼大礙就是了。當時同事中有人認識海怡，便打電話着她把我送回家。我還記得自己是帶着醫院的手帶離開的，海怡和家人自是相當擔憂，誤以為我是否有什麼煩心事，但其實我就只是單純地想放縱一下而已。人生能有這樣的時刻不是很捧嗎？老了以後可不能再這麼任性呢，即使身邊的人願意接受，身體也吃不消。唯一令我頭痛的是，我在混亂中遺失了電話。

俙翹知道後，第一時間緊張地問：「我們的照片是沒有了嗎？」

我假裝可憐：「你不關心我的身體嗎？」

「看你現在還跟我耍嘴皮就知你沒事了。」

「我……對不起……」

俙翹一臉失望，她知道我的道歉是什麼意思。我的電話裡存了張跟她在澳洲時的合照，我們當時的表情，很幸福，很甜蜜。我倆本來就很少合照，除了放在辦公室桌上的，就只剩下這張。只是沒想到，原來俙翹心裡同樣着緊這事。照片的遺失讓我很失落，但俙翹的反應，卻又使我心裡冒起了一陣酸甜。

縱然愉快，轉換課程還是有點難度，畢竟要在三個月內讀完會計主科，但萬幸我還是順利地通過了考試，成為一名正式員工，為此我也高興了一下，卻沒想到這原來是開啟地獄之門的開端。老實說，現在那些課程內容早已變得模糊，剩下的只有與當時認識的人的各種回憶——一起去的短途旅行，一起吃喝玩樂，渡過了愉快有時也帶點瘋狂的時光……我曾以為當時的同期會是一生的朋友，卻沒想到情誼隨着彼此被分派到不同部門，漸漸便稀薄得仿如不曾存在，現在早已誰也沒在聯絡了。

肥皂泡破了，目光便該回歸現實。有的人進了負責製造業的組別，有的進了金融業，而我則被分配到房地產業的組別。組別中會再細分部門，以便管理。一個組會有四至六個部門，一個部門則有六十至八十人。每個部門會負責不同的客戶。同期中只有我進到這個出了名辛苦的部門。並且，我還要一邊工作，一邊準備一年後的會計師執照考試。

剛進入公司的我和很多人一樣，並不知道審計是做什麼的，課程後我明白了審計其實就是審查客戶公司有沒有用符合認可的會計準則來處理帳目。簡單舉一個例子：客人付給公司的錢不一定都歸類為收入，那可以是預收款。當然實際情況要比這複雜得多，所以才有了會計師、審計師這樣細分的職業和崗位。

審計師要追趕很多死線。最簡單的有像客戶報稅的死線、公司想要發債券的死線、上市公司公告的死線等等，當中尤以上市公司業績公佈的死線最為趕急。十二月年結日的上市公司會在三月底公佈業績，審計師要在之前完成工作。三個月時間仿似很充裕，但審計師往往要等客戶會計完成帳目後才可以開始工作，剩下的時間基本上其實只有不到兩個月。拿到帳目後，我們要先查看一下有沒有問題，再列出一系列相關問題詢問和探訪客戶的公司。然後便是一連串填寫工作紀錄的日子——紀錄我們在工作上的流程及結果，要仔細把證明客戶帳目沒有問題的過程一一記下。一家上市公司的工作底稿至少有五箱A4紙，平均數則是十箱。所以如果你在街上看到有西裝友在身水身汗拉車，基本上你也可以判斷他為審計師。我們會拉着所有文件到客戶的辦公室工作，友善的客戶會為我們準備舒適的辦公室環境，不過通常八成以上的時間，我們工作的地方都只有一張枱而已。香港嘛，自然是寸金尺土。但最慘的還是客戶公司若位處偏僻，我們不僅連吃中午飯的地方也沒有，更要提早許多時間上班。

工作流程大多是這樣——早上經過來來回回的客戶溝通後，晚上整理工作底稿，如是者大概一個月後面對經理的檢閱和回應，解決掉經理提出的問題後，便會上呈到老闆那裡，老闆的問題也整理完畢，就會交到風險控制部門檢閱，再到客戶的審計委員會，把一切問題都解決了，上市公司才會公佈業績。就這樣聽着，你也該感受到時間其實相當緊逼，基本上在 peak season 裡，能在凌晨十二時離開工作地方已算相當幸運。而我，由於負責的客戶年結日都分散在不同時候，因此我並沒有所謂 peak season，我是一年三百六十五日都處於無法在凌晨前回家的狀態。難怪我的部門被稱為最辛苦的部門。現在回想我都覺得不可思議，一個人怎能凌晨也未離開，但第二天卻又九時多出現在辦公室？星期六、日可以在中午時回家，已算是該段日子最大的幸福了。

就職的那年是 2008 年，我 22 歲，如果你夠年長或是記性好的話，會記得那年是金融海嘯來襲的日子，坊間的飯盒售價曾跌至只需十多元。經濟相當差，失業率節節攀升，因此有工作的我們自然額外珍惜，比起上屆的同事更加努力，對非人生活的工作亦習以為常。回頭望才發現公司文化頗像一個封建制度，早一屆進入公司的人晉升成 senior，逼着我們這些職場新鮮人急急進步。隨着年資增長，我們又成為別人的 senior。有不少人因而漸漸變得自以為是，並以「嚴格」聞名而自豪，有點像家嫂成為了奶奶後，沒有改變惡毒奶奶的作風，反倒是加入成為了惡毒的一份子。其實也不能全怪這些人，實在是工作忙碌緊逼得你沒有餘裕對後輩仁慈，你只能透過壓搾他們甚至自己，趕在死線前來完成龐大的工作量。由於人手少而工作繁重，我們有時會被逼兼顧上一級的工作，例如我在第二年時已開始負責帶隊處理一些項目。

在這樣壓逼的工作環境下，同組的組員自然成為親密的戰友，又因為巨大壓力，我們常常會借酒澆愁或是找點樂子宣洩情緒，像有時凌晨十二時放工後去唱通宵K，再直接回辦公室工作。也因此，一眾年輕男女的關係逐漸變得曖昧，或者以「混亂」來形容也不為過。你可能會覺得奇怪，明明睡覺時間都不夠了，何以還有精力在男女關係上胡來？但正正由於無法好好休息，所以寧願虛耗，心理壓力反倒輕省一點。當連思考空間也成為奢侈品時，認真生活太難了，倒不如縱情聲色，盡情享樂。在這期間我拍了不少散拖，不再是當年那個心裡裝着一個人，眼睛便再容不下他人的純情大男孩。對，說到這裡，我在工作一年後，便與海怡分手了。其實我和她在很久以前就已名存實亡，隨着彼此工作忙碌，生活更錯開至幾乎沒有交雜，分開已是必然的事。這個時候的海怡也不再是當初那個對我無法放手，顫抖着背的女生，她變成熟了。我們平淡地、和平地正式分開，結束了這段四年的戀情。

俙翹因為就讀教育學系，所以比我晚一年開展她的職場生活。在她正式成為一名小學教師後，有時我會戲稱她為「Miss」。俙翹衣著漸變斯文，氣質也多了份沉穩。她開始換上淡雅細緻的妝容，從少女的嬌嗔增添了一份女人味。我也想和她在人生新階段時彼此扶持，無奈力不從心，在審計的日子裡我覺得自己就像個專門為工作而設計的機械人，除了工作外再無法思考其他事情……

第十一章

那是2009年一月的某個晚上，照舊是與peak season爭鬥的時光。通常這種日子都是凌晨一二時才下班的，但這夜有點特別，是我與許久不見的俙翹共晉晚餐的日子，我們好不容易才約到空閒的時間慶祝她的生日。當時的上司還算有點人性，星期五一般都會讓我們早點下班。當天我早早完成了工作，打算六時離開。就在我即將踏出辦公室之際，上司叫住了我，直覺不妙。果然上司一直在詢問各種各樣的東西，時鐘已指向八時多，而我跟俙翹約好的時間是七時。我再管不了那麼多，雖身為職場新鮮人，還是跟上司說：「對不起，我約了朋友要先走。明天再跟你解釋餘下的問題，好嗎？」上司有點錯愕，因為平日裡我總是最遲離開的一個，經常要上司催促我回家。

離開辦公室後，我立刻截的士趕到約定之處，這時一看手錶已是九時，換言之，俙翹足足等了我兩小時。要是待會她對我破口大罵，或是早已生氣離去，我都覺得自己活該。然而，當我跑進餐廳，只見俙翹已點好了一桌子的菜，每碟都有蓋子蓋好。我急忙道歉，並準備好承受她的痛罵。

「我知道你很忙，審計師過的非人生活我也略知一二。快吃吧，你應該餓了。」沒想到聽到的，卻是這樣一句溫柔的說話。

想起從前她可是個會因為我遲到五分鐘而責備我的女生，今天她等了我兩小時（而且還是慶祝她的生日），卻沒發一句怨言，我為到她的體諒而感動，也由衷為她的轉變而驚訝。似乎在我不知道的時候，她蛻變了不少。

「實在抱歉，下次，下次我一定請你吃更好的！」我卻一直無法再抽空。

雖然俙翹並無責怪之意，但類似的情況多了，我也無顏面再約她見面，因為我根本控制不了自己的時間，亦不忍她總是苦等我。轉眼來到八月，是我生日的月份。她知道我忙碌，已特地來到我公司樓下，打算只把生日禮物交給我，傾談數分鐘便離去，但我卻再一次被老闆拉着，想偷偷傳個訊息給她也做不到，一談又是兩小時。不止如此，我還常常錯過她的來電。難得有次接通，她開口說道：「你在哪？生活令人很疲累呢……」我立刻接道：「對呀，生活真的很疲累，我已經很久沒有下班……」本來沮喪的她，立刻轉換了關懷的語氣，柔聲問：「怎麼了？」我立刻像關不掉的水喉把苦水源源不絕地向她傾倒。回頭一想，她當時該是想尋求我的安慰吧。

那幾年我與俙翹只維持着一年相見兩次的程度，多是在大家生日的前後。我知道她工作壓力很大，常常在別人看不見的地方偷偷哭泣。我失落她沒有在難過的時候找我，也怪責自己未有抽時間關心她，就只能像這樣事過境遷後聽她提起，總是有點點不甘心。只是我真的太忙了，不要說照顧她，我是連自己也顧不上。

工作過於忙碌，以致回憶亦變得模糊，但有一件事我倒是記得清楚，到了現在我也猜不透俙翹真正的想法是什麼。那時我剛好完成了一個死線，稍微有點空檔，記起了俙翹好像明天將出發到外地旅行。

「你是明天去旅行嗎？」

「對呀。」

「我有時間，明天送你吧。」

「好呀，到時介紹個好女生給你認識！」

「阿嵐，我的同事，也是我的好友。」俙翹開朗地介紹起身邊人。阿嵐比俙翹年長幾歲，有一種知性美，頂着一頭幹練的短髮。雖然只有短短的車程，但從對話中能感覺她是個頗有想法的人，很想活出不一樣的人生。然而她卻又有着一種矛盾，似乎害怕踏出舒適圈，是個和長着一臉決斷外表不同的小女人。不知是否我想多了，當時感覺到俙翹似乎有意撮合我們。

我並不討厭阿嵐，但說實在的，也未到喜歡的程度。奇就奇在當俙翹知道我與阿嵐私下聯絡時（其實只是很單純的一次訊息聯繫），卻流露出不悅。我至今仍摸不着頭腦，到底當年俙翹是在做什麼？是想把我推出去呢，還是不想？不過其實我並不在乎答案，要是她不高興我繞過她與阿嵐聯絡，我不再這樣做就是了。況且我根本沒辦法在她的面前與他人纏綿，她大概也知道這是拿石頭砸自己的腳吧，以後都沒再做這種事。

有時我也會疑惑，到底自己此刻對俙翹的感覺是什麼呢？我知道她與阿剛發展得很好，我也沒有再打算插足，可是完全當她朋友嗎？我心知道自己並不純粹。於是有時在想，沒日沒夜的工作倒也不錯，讓我能擁有最強力而正當的理由不去思考，並且物理上與俙翹理所當然地保持着一定的距離。時間會告訴我答案吧。

那幾年我悄悄把對俙翹的一切，藉着忙碌逐漸塵封在內心一隅。

2010年，工作沒有背叛努力的我，24歲時終升上了助理經理的位置。我開始有下屬，需要與經理和客戶直接溝通。換言之，基本上就是所有遇到的問題都得由我着手解決。那個時候壓力是最大的，但相對地工作時間則開始可以由自己控制，總算可以間中喘一口氣。

2011年的某天，我收到了俙翹的短訊：「你知道最近有套熱播的台劇叫做《我可能不會愛你》嗎？我看的時候總是想起我們。」

我立刻上網查看資料，是一個關於程又青（林依晨 飾）與李大仁（陳柏霖 飾）的戀愛故事。兩人從高中起就互相看不順眼，卻陰錯陽差的一直在一起，成為一對不談戀愛的好朋友。

看畢簡介後，我完全明白俙翹為什麼會這樣說。俙翹說她很喜歡這劇，叫我有空也看看。我後來確實抽空看了，劇中有一幕程又青問自己，為什麼看見李大仁跟其他人一起時會產生醋意？程又青因為當時還未明瞭自己的感情，所以她很疑惑。等到想通一切後，她將會跟李大仁有個美好結局，有情人終成眷屬。與之不同，我知道擺在我面前的早就已經是結局，且是個已經安排好一切，再無轉彎餘地的結局，我不自覺嘆了一口氣。

「怎麼了？這間公司的數很亂嗎？」對面的同事問。我搖搖頭，再次把注意力放在眼前如山的文件上。或許我仍然需要更多時間整理我的感情。

花了兩年時間，我終於完全掌握及適應新的崗位。開始能有閒暇的空間，感覺自己漸漸變回了一個有血有肉的人，不再是失去靈魂的行屍走肉。而回歸的第一樣感受，便是空虛。我驚覺這四年，自己不只與家人是近乎空白的相處，更是與許多朋友斷了聯絡。我的生活除了工作，儼如再無其他東西。嘗試在腦海搜索着一個又一個的身影，許多人都在忙碌中與我漸行漸遠，但唯獨俙翹，我實在不想失去她。

我拿起電話想要撥給俙翹，按到第四個數字時，竟無論如何也想不起之後的是什麼，這個號碼我曾背得滾瓜爛熟，是不用動腦也能自動浮起的數字，如今腦裡竟只剩一片空白……這一驚非同小可，我強烈感受到自己必須採取一些行動。

我知道所有關係都需要用心經營才能維繫持久，於是萌生了一個念頭，一個聽起來有點瘋狂的念頭。

第十二章

清晨六時多，我正站在俙翹樓下的街角，只要俙翹步出大廈，我便能看見她。天空還未完全亮透，只有少數人要開始一天的忙碌，四周異常安靜，城市彷彿還在沉睡。我把手插在外套口袋中，三月的春天樹上開滿了花，雖然不知道花的名字，仍覺甚美。我的白色豐田房車停在不遠處，陪伴我默默等候。我準備接送俙翹上班。

我沒有告訴俙翹這個計劃，想要給她驚喜，當然，一不小心可能會變成驚嚇，然而當她看到我，眼睛睜得大大，再笑容燦爛地迎向我時，我就知道自己成功了。早上起床的疲累已頃刻一掃而空，太陽在此時亦已高掛天上。

「你為什麼在這裡？」

「上車吧！」

狹小又寧靜的車廂中傳來俙翹甜甜的、淡淡的玫瑰香水味道，忽然發覺，原來我已很久沒跟她靠得那麼近。

回過神來，我把早已買好的早餐遞給她，並對她說：「以後在不忙碌的日子我都會過來。」沒明說在什麼時候，也不曾在當天知會過她，俙翹亦未曾追問我即是在什麼日子出現。我們之間一直如此，沒有承諾，只有默契。我認為，這也是我們之間的浪漫。

我總愛先用智能電話看看她最後的上線時間，我記得從前她一直是隱藏上線時間的，回頭想才發覺不知從何時起，這個時間已能清晰被看見。俙翹一般在早上七時左右出門，我只要在七時前到達，多能萬無一失，不會錯過她；要是遲了，我那天便有可能會白等，因此我每每寧願早到半小時，杜絕任何意外發生。

阿剛是工程師，估計他每天大概八時左右到地盤工作，按道理來說我是不會碰上他的。但偶爾也擔心他會否突然出現，和我一樣想要給俙翹一個驚喜？因此在某些特別節日，例如她的生日或是情人節之類，我都會把車停到較遠的地方等待，以免釀成「災禍」。

漸漸地，我對俙翹樓下的風景熟悉起來——大廈的清潔大嬸，會在六時三十分準時出現；樓下超商補貨的貨車，會在六時四十五分開始作業；和她住在同一棟大樓的小學生必定會在七時零五分出門……還有那棵佇立在街道旁的大榕樹，無聊的時候我總愛望着它，感覺整個人都會變得平靜起來。等待的時間其實相當美好，不需要和任何人交流，暫時放下一切，可以好好享受屬於自己的「Me Time」，而腦袋裡只想着美好的東西——譬如一會兒將出現在我面前俙翹的甜美笑容、她的香氣、她與我分享生活細節的時光等等。

街角漸漸成了我最舒適的位置。望着街上來來回回忙碌的人們，我像成了唯一的停頓者。間中會有路人向我投來注目禮，彷彿在說大清早你為什麼那麼空閒？還試過遇上客戶和同事。雖然要犧牲數個小時的睡眠，而且只能換來十分鐘車程的短聚，我卻覺得一切都值得。這是我所能想到，讓我跟俙翹生活裡能繼續有交集的方法。

這天，七時二十分，穿著長裙與低跟鞋子的俙翹匆匆從那道熟悉的鐵閘步出，說要先給病了的阿嵐買早餐。我不忍她勞累，便把買給她的早餐和本來打算一會自己吃的都遞給她：「今天剛好沒有胃口，這個就當是你買的吧。」

「哇，賺到了。」俙翹開心地拍手。

其實我只是想要和她待在一起多點時間而已。

我會在車廂內播放輕鬆的歌曲，但特意將音量調低，好等音樂不會干擾到我倆的交談。沿途俙翹一直和我聊天，有時可愛地發發牢騷，有時講講教學的趣事，我都一一微笑聽着。看着她發光的臉龐，我知道，她很喜歡這份工作，很喜歡她的學生。想起俙翹在教院讀書時，曾告訴我早上不喜歡與人說話，因此有時我會害怕，害怕她是不是為了不想我只是充當司機而勉強自己。可是看着她活潑生動地訴說各種事情時，我不其然產生了貪婪的念頭，很想對她說：「你知道嗎，如果可以，真的想一直聽你說下去。」

狹小的車廂像把世界隔絕在外，使我生出了一種錯覺，以為與俙翹又回到當年親密戀人的狀態。那被封印起來的感情又悄悄在抖動……

到達目的地後，我習慣把車子停在離學校稍遠之處，免得惹來閒言閒語。

「很高興能在早上看見你！你的氣色好多了。」在清晨日光的映照下，俙翹的笑容倍覺燦爛。

我下意識地摸摸臉，不知道原來自己之前氣色不太好。但也是想當然的事，誰能在每天熬夜加班下仍能活得容光煥發？

我看着俙翹紅粉緋緋的臉：「你也不差！」那些年她的脆弱易碎好像上世紀的事。

她向我揮揮手，踏着穩健的步伐走向學校，沿途不少學生跟她打招呼，直至她的身影消失在視線中，我才轉身離去。

回程返回辦公室時，我如常地開得比載着俙翹時快。把音響的聲量調高，剛好播到周杰倫的《明明就》，是俙翹喜歡的歌。聽着聽着，傷感便偷偷從深處竄出，使我回想起我倆之間很多很多的過去。

「遠方傳來風笛　我卻在意有你的消息
城堡為愛守着秘密　而我為你守着回憶
明明就不習慣牽手　為何卻主動把手勾
你的心事太多　我不會戳破
明明就他比較溫柔　也許他能給你更多
不用決擇　我會自動變朋友」

這時我忍不住把車停在路旁，打開電話，開啟WhatsApp，寫了「你永遠是我唯一想要了解和珍惜的人」給她。

我很高興過去幾年的疏離，並沒有影響我與俙翹的感情。我們還是當年互相支持和關心對方的同伴。車子呼嘯前行，我終於抵達公司，收拾起心情，又投入到忙碌之中。

第十三章

今天，我又來到俙翹家樓下的街角。

依舊在寧謐中靜候她的身影。我最愛看她偶爾睡眼惺忪帶點呆滯的神情步出大廈，在瞥見我後轉瞬變得精神抖擻興奮的模樣，這樣的切換讓我覺得自己的出現別具意義。另一個我喜歡接送她上班的原因，則是能親眼看見她在校門口碰見學生時那親切又斯文大方的樣子，她低頭跟小朋友聊天，風吹起她的長髮……那畫面非常美麗，我甚至認為世間其他的美都不過如此。

對於能在比較空閒的清晨得見新生活裡的她，我感到滿足。我們的關係不只停留於過去的美好，像某些很久不見的朋友每次見面只能像坐時光機一樣懷緬從前，聚會後又再各自回到自己的生活那般，我們是仍在前進的關係，這一點我很滿意。我和她都成長了，我們有在變得更好。

除了傾聽俙翹的分享，我也愛向她訴說自己的生活，她總是專注地傾聽。

「最近有位同事找我訴心聲，她似乎被工作壓力擠壓得喘不過氣來，正瀕臨崩潰邊緣。其實她很盡心盡責，可惜就是學習太慢，未能得到上司賞識。有時我也懷疑自己是否同樣跟得上公司的進度……」

「先生，聽說你現在已經是助理經理，要是你也不算跟得上，恐怕全世界都要被評為不合格了。」俙翹以誇張的語調為我打氣，我能感受到她對我的鼓勵。

過了一會後，她以輕柔但堅定的聲音對我說：「還記得我們說過要一起變強嗎？那時大學的我常常膽怯得躲起來哭，你對我說會永遠陪伴在我身旁，我也是喔。所以你不要怕。」

我「嗯」了一聲，眼睛一直盯着前方的路面情況，天知道我的心其實感動得一塌糊塗。

我會繼續努力，因為我知道在洩氣的日子，會有個特別的人永遠都站在身邊支持我。她的每一封短訊，每一個笑容，每一句說話都為我注入了許多力量。很慶幸人生能有這麼一個「朋友」在身邊。數數手指，我倆已相識接近九年，幾乎佔了我現在人生的三分一呢。

是日我一早便回到辦公室，準備好好「解決」掉工作，準時下班。沒想到，剛踏入門口便收到俙翹的訊息：「今天是2013 14呢，很特別的日子。」

「對啊，也是我們的約會日。」我回傳。

我可是特地選上這日見面的，心裡很慶幸阿剛從不在意這些事情，所以我才能成功相約俙翹。我也在心裡祈求着，今天千萬不要有突發事情。

六時正，我與俙翹準時在銅鑼灣碰面，這一次終於沒有被老闆拉着。我特意穿上新買的西裝，駕車載着俙翹去了山頂的餐廳，那裡除了可品嚐到美味的佳餚外，更是一個可以欣賞整個香港夜景的位置。我們聊了很多從前的事，也把準備好的生日禮物送給她，是一條銀色的玫瑰手鏈。約會本該是完美的，但我沒有想過的意外發生了……手鏈，竟不合她的尺寸！

「喂，我的手有那麼粗嗎？」俙翹笑着責問。

就在我不知怎辦，額角開始滲汗時，突然有一個男生拿着結他出現，對一位女食客唱起歌來，起初所有人都不知道發生什麼事，直到那男生送上鮮花，跪下拿出戒子，全場霎時歡呼起來。但我卻禁不住想，那女孩應該很大壓力吧，那麼多人在旁觀看，萬一其實她仍未準備好怎辦？

「這樣很大壓力吧！」沒想到俙翹比我先開口。

只是我更沒想到她下一句竟是：「你為什麼從來都不送花給我？」我登時不知該如何回答才好。

回憶飄到當年我們在一起的日子（地下情也算是情侶吧？），那年我不送花是因為她曾說過花都是不切實際的東西，但更重要的是我害怕若碰上熟人會為她帶來麻煩。我不想打亂俙翹的生活。而分開了之後，我更沒有資格成為「送花者」了。

對我而言，送花這件事，除了有送花者和收花者外，更需要有群眾的參與，意義才能成立——是要向外宣佈，我們在戀愛了，也算是公開承認對方的地位。這正是為什麼每年情人節男士都要訂花送到女方的公司，而不是直接送到府上的原因之一。送花，這種關係的標記，是我不曾獲得過的。事實上，我常幻想自己拿着花迎接因開心而向我跑過來的俙翹。當然，這都只能留在幻想裡，也永遠無法宣之於口。

「我可以嗎？」這是我唯一可以作出的回答。

我們相視而笑，那一夜，再沒有討論這話題。

告別時俙翹對我說：「謝謝你出現在我的生命裡，以後我也希望有你在，答應我不要離開，我不可能習慣沒有你的生活。」我點頭。但大概，我才是無法失去你的那個吧。

農曆新年假期以後，又是一連串的忙碌，工作上更發生了許多不順利的事。我很想很想早上給俙翹買早餐，接送她上班，這樣或許她的笑臉能治癒我一點點，無奈當我張開眼睛時，已是俙翹在上課的時間，昨夜又再次加班至凌晨四五時⋯⋯還好，我還能在腦海中勾勒出俙翹的笑臉⋯⋯「加油吧。」我對自己說。

今天工作太忙錯過了午餐時間，只好買了麵包站在鵝頸橋下填飽肚子，不少路人走過我身旁時都留下一閃即逝的同情眼神，他們大概在想這個人真可憐，穿着整套西裝卻只能在街邊吃麵包，生活應該過得不易吧。可是他們錯了，我並不難受，獨自午餐是很好的休息，我甚至會拒絕同事午飯的邀約。平日說話太多，這樣的寧靜其實很不錯，又或許是我留給自己的時間太少了，這亦是我為何喜歡接送俙翹的原因。那段等候她出現的寂靜，我很享受。

凌晨二時，在時代廣場前的的士站等待回家的車。多麼希望我等的是俙翹，已經將近兩個星期未能抽空接送她，不知她可有想起過我？

終於，當手上較為急趕的死線暫告一段落時，我再次駕車到俙翹樓下的街角等待她的出現。

不知道是否因為相隔了一段日子，對於這個已持續了一年有多的行徑，我突然又緊張起來。俙翹還會和先前一樣，面露笑容迎向我嗎？雨後的天空深深沉沉的，我懷着戰戰兢兢的心情帶着小禮物和早餐在車上耐心等候。

七時二十分，俙翹出現了！這天束起清爽馬尾的她，像是把陰暗的天色也驅散，陽光漸漸在雲層中間擠了出來。

她一臉驚喜地跑過來：「喂，還以為你以後不來了，害我買好的禮物都無法及時送給你！」

禮物？本來想着是我給她驚喜，沒想到反被她將了一軍。拆開，是Bottega Veneta的名片盒，是某次逛街我隨口說很漂亮的那款。

「想不到吧。你說的話我可都記得喔！」俙翹一臉得戚地說。先前被工作折磨的辛勞，通通因為這個明媚的早上消散了。

我們還是沒有約定下次何時再見，我也喜歡她沒有問我明天來不來。

第十四章

2013年10月，我晉升了做經理，壓力更大。因為管理的項目不再只是一個，而是需同時管理好幾個項目。除此以外，還要評核下屬工作的表現或指引他們工作的方向，亦要第一身接受老闆的詢問及跟老闆一起會見客戶。不過我擔任助理經理時已同時管理兩個項目，亦有陪同老闆一起見客的經驗，所以這些算是司空見慣。身邊的同期早已離開得七七八八，BIG4的公司就是這樣，無法向上流的人，就會往外走。這裡是試煉的地方，不能成金者，試完便該離開，一直留在這裡的人我會懷疑他是否有自虐傾向。但總之，我已離開煉獄，用了五年時間成功晉升上去。現在我有了自己的辦公桌，不再是和一大群人共享一張大枱，毫無私隱，自由度亦比從前更大。而早上接送俙翹日漸成了我生活的一部分，像一種習慣不知不覺黏貼在我的身上。我曾誤以為這樣的日子會一直繼續下去，永遠不變。

不過命運總是會適時給予我清醒一擊，提醒我所謂夢，就是會有醒來的一天。

那是發生在我一連兩天都接送俙翹，完全沉醉在幸福當中的日子。

我打開WhatsApp，查看俙翹昨夜最後上線時間（這幾乎已成了我每天的例行公事），居然是凌晨二時。這可不是常見的情況呢，我明明記得她今天有個非常重要、不能遲到的會議。待會我必須向這位老師好好說教一番，告訴她睡眠的重要性才行。一邊想着，我一邊加緊執拾的速度，把公司的文件、俙翹的早餐都拿好便急步出門，務求讓她在睡眠不足的早上，能穩穩地坐在車上稍事休息。

「你真是我的救世主！」一臉疲倦的俙翹踏進車廂，以誇張的口吻感恩着。她的玫瑰花香又再散落車廂四周。

「知道我的重要性了吧，說，昨夜為何那麼遲才休息？」有別過去的灑脫，俙翹一臉猶豫，我突然意識到這或許與阿剛有關。我阻止自己想下去，車內輕鬆的氣氛突然變得尷尬起來。

無聲行駛了一會，我把身旁的早餐遞給她，她從以前開始便很喜歡這茶餐廳的早餐鬆餅。

「這是隔夜的吧？」俙翹吃着問。

真佩服她的舌頭，明明我出門時還特地叮熱了，竟還能分辨出來。但俙翹沒有繼續說什麼，只是一臉滋味高興地吃着。我也沒有回應，因為不忍告訴她，茶餐廳是在早上七時半才開始營業的，我來找你的時候太早了，早得連茶餐廳也還沒開門。她應該不曾留意過這事，我也覺得她不需要知道，就只希望她能高興地接受我為她預備的一切就好了。

「我朋友最近做檢查時發現子宮長了水瘤。」

「這麼嚴重？」

「聽上去而已喇。這個婦女病其實蠻普遍的，聽說九成以上的水瘤也是良性，通常會在一至三個月經週期自動消失，只要定期追蹤檢查便可。」

「那便好了，你呢？你沒事吧？」

「唉，老了。我最近月經來時會開始腰痛，又好像比以往疲累，不適感大增。我在想自己是否應該也去做個檢查。」

不知從何時開始，我發覺俙翹真的什麼都拿來跟我說。於是我也拿出誠意，告訴她：「其實我最近也拿了驗身報告，結果發現膽固醇比前年高了很多……」

「天呀，我們真的不再年輕了！你要好好保重呀！」俙翹大笑着。

嗯，我會的。俙翹永遠不會知道，當我在看着報告時還真的是有點害怕，我害怕自己先行一步，無法再陪在她的身邊。我還想看着她幸福地披上嫁衣，即使她身旁的並不是我。如果上帝告訴我明天便是我的末日，唯一放不下的，也只有俙翹而已。於我而言，她就是這樣的存在。

「你不知道我最近都在打籃球嗎？已經連續三個星期天了，我很快便會變回從前那個身形結實的男孩，保證嚇你一跳。」

俙翹伸手捏我的肉臂，奸笑着：「路程不短，你可要好好加油了。」

離去時我一直在想，俙翹剛才為什麼竟欲言又止，甚至出現一抹擔心的表情？然後我想起，自從她與阿剛復合後，已鮮有與我提及他倆之間的事，更精準來說，該是我們從澳洲後回來起。為什麼？難道是我的感情讓她感到負擔了嗎？抑或是她開始也想要顧及我的感受？我想不通。

「你覺得是為什麼？」餐廳中，我正詢問坐在我對面的家盈。

家盈是我在中二上工聯會日文班時認識的朋友，她的名字很女生對不對？但她卻有道濃眉，一直束着短髮，總愛穿上一對 Dr. Martens 皮靴，是個相當有個性的人，絕不是嬌滴滴的女孩。當年我們用 ICQ 聊天，又因為電話同台傳訊息不用額外付費，便一直保持聯絡，直至現在。說和她熟稔，大家生活圈子不同所以其實很少交集；說不熟呢，數數手指又認識了十多年，每年總會相約一、兩次見面。總之，很偶爾的時候，我們會和對方談上幾句話，也算識於微時？她在我心中有佔着某個位置就是了。

依舊留着一頭清爽短髮的家盈最近轉了工，與我的公司鄰近，所以我們不時會一起午餐，有時晚餐也會相約一起，變成了友好的「飯腳」。由於見面頻繁，我開始會跟她分享生活裡發生的事，偶爾也訴訴心聲。我們本來就算是談得來，少數較為親近的朋友，現在相對的日子多了，便更覺親切。

「為什麼你都不找我吃早餐？」家盈沒有回答，反而提出了這樣的問題。女生真奇怪，為什麼都喜歡問一樣的問題？像俙翹得知我跟家盈吃飯時，也會說：「不公平，為什麼你只約她，不約我吃飯？」

聽着俙翹裝作憤怒地問，我總是會感到一點點的幸福，彷彿我在她心中是特別的，雖然明明最近常無法赴約的其實是她。做老師很不輕鬆吧，尤其像她這樣認真的。我想起那些年初做審計師的我，現在二人的處境可說是風水輪流轉了。

「因為我正和你吃着晚餐呀。」我漫不經心地回答家盈。

「有什麼關係？」家盈還是不心息，邊瞪着我，邊把意粉大啖送進口中。

嗯，真的是沒有關係，有關係的只因為你不是俙翹。那個已經在我生命裡頭佔據了十年的女人。我曾認真地想過，為什麼她就如此不同？她又不是我的初戀，地下情也不過維持了約半年。然後便想到，或許因為她是那個在我還是一張白紙時，在上面狠狠塗鴉過的人。她給過我的快樂與疼痛，都成為了一道道皺摺，無法被撫平。而後來的人不過都是在其上加添色彩，再帶不來那種震撼與深刻。

「你們在中六時才認識，我們可是在中二時已經相遇了，我才是出現得更早的那個！」家盈這樣說。

可惜成就愛情的從來不是時間，而是時機。

今天起床時看看鬧鐘發現已經六時半，雖然我趕快梳洗衝出門口，但在俙翹樓下的街角等了半小時後還是不見她的身影，我不得不承認今天來晚了。

回想起來，由認識俙翹至今，這是第三次碰不上她。第一次是在大學時，我浪漫地想要陪俙翹上學，忍不住打過去才知道原來她一早走了，那時還被她發了脾氣：「認識我那麼久，你該知道我早上不喜歡說話，也不需要有人陪。」或許那次印象太深刻了，以致我當初萌生這個早上接送計劃時才那麼猶疑，也因為如此，我亦不敢和俙翹確立接送時間，寧願少睡一點、早點來到或冒着會彼此錯過的風險，也不想令雙方形成壓力。就讓一切隨緣也很不錯。像我上次就因為買早餐錯過了提早出門的她，那又怎樣呢？我把早餐當午餐好了，還「賺」多了一次

Me Time。

這一次沒能成功接送俙翹我也沒有失望，想起每一次送她到學校後也會收到她答謝的短訊，想起曾經不喜歡早上說話的她總是快樂地對我講個不停，我覺得這樣就好，我們有適度的期待與享受，卻沒有束縛與壓逼。二人之間沒有戀人的張力，我喜歡現在的我們。

放假，我在家中執拾東西。一如所料，找到了許多有關俙翹的回憶，如那個和她在聖約翰救傷隊學急救時用的急救包，已經是多年前的事。我拍了一張照片傳給俙翹，沒想到她馬上回覆，說自己也記得。我又找到了她當年大學的迎新Tee，印象中俙翹只穿了一次……我把照片再傳給她，不知道她會否覺得奇怪，為什麼這件 Tee 會在我家中出現？抑或她從未忘記過我們曾如此親密？我還找到了她寫給我的第一張生日卡，有趣的是俙翹署名為「囡」。那些年，曖昧的男女不是契哥契妹，便是契爸契女。彷彿無法明正言順有一個確切身份的話，就這樣擦邊攀上一點關係也是好的。我一件件地執拾，間中與俙翹短訊分享，就這樣一個愉快的下午過去了。我所擁有的回憶，俙翹一件也沒有忘記。我覺得這樣就夠了，我們彼此都為對方在自己心中留下了一個特別的位置。

俙翹說這些年我送過她最好的禮物是 2011 年時傳給她的一條短訊：「一回

頭，女孩的笑顏，讓男孩魂縈夢牽了八年，羈絆了一生。」俙翹說這短短的數句，一直存留在她的心，感動縈繞不散。

隔了一會，俙翹再傳來短訊：「親愛的，我也想跟你說，我沒法再遇到另一個你了，你是唯一特別的存在。」

星期六下班後我又約了家盈吃晚飯，之後我們一同在尖沙咀閒逛。看見一對父母在照顧小朋友，忍不住在想：「不知道俙翹將來的小孩會是怎樣？」想着想着，感覺又變得複雜起來……

「在想什麼？」被家盈一問把我的思緒拉回來。

我搖搖頭，一會後還是說出剛才的想法。家盈有一點點不高興，但她什麼都沒有說，只是陪我走了很久很久。我發覺，在低沉的時候，有人陪在身邊，感覺原來相當不賴。

將近回家時，家盈終於開口：「喂，你以後不開心時也找我吧，反正我們公司相近。」

我知道家盈在用自己的方式關心我。

我向她點點頭，她拍拍我的肩：「你很好的，天涯何處無芳草？也好好珍惜你自己吧。」

家盈的話讓我忍不住想，我有在對自己不好嗎？我不是都放下了對俙翹的感情了嗎？我只是把她當做該珍惜的朋友而已……我不是嗎……？

這天我買了菠蘿包給俙翹做早餐。

「你怎麼知道我愛吃菠蘿包？」她一臉驚喜地問。

「是你之前問我為什麼沒有給你買菠蘿包的呀。」

「是嗎？我不記得了。」俙翹吐吐舌頭。

不記得很正常，因為她確實沒有說過。事實是從前我看到俙翹總愛在放學後吃一個菠蘿包，每次都一臉津津有味的樣子，只是我怕這樣的記憶力對她來說太過沉重，才以謊言帶過。

車子再度停在學校前的一個街口，俙翹卻沒有下車，只是嚷着說：「我要在這裡吃完菠蘿包才上學去！」

奇怪，以往俙翹明明大多都是拿着早餐回校享用的。難道這是因為她也想和我待在一起久一點嗎？我心裡暗爽，口裡卻說：「可以，但你要保持清潔啊，我可不想我的寶貝車有蟲子過來探訪！」

說完後，俙翹卻咬得更大口，像要嚇唬我不要刺激她，否則那些菠蘿包碎可不知會掉到哪裡。這個鬼靈精，實在難以想像她已經為人師表了。然而與甜美外表不同，俙翹做事可是相當硬朗與賣力。在事業上也一直很努力，當別人還在容許自己作為職場新鮮人慢慢適應就業的轉變時，她已報讀了多個進修課程。在那幾年，她晚上一直都要上課考試。幸好她的付出並沒有白費，不止早早取得長約教席，更獲得晉升機會。儘管偶爾發生的人事問題會讓她苦惱和洩氣，甚至產生離開教職的想法：「我做老師是因為想教導學生，看着他們的成長，而不是處理成人無聊的小圈子問題！」嘴裡時常嚷着，不過到最後她還是堅持了下來。

她的爸爸經常覺得這個女兒的成功很不可思議，在他眼中，小女兒跟事事按步就班有計劃的大女兒不同，是個隨心的人，做事總三分鐘熱度。但我知道俙翹其實是個不服輸、聰明又有毅力的人，加上她的親和力與同理心，她的成功對我來說倒是理所當然得很。

俙翹把手放在我眼前揮動，並大力一拍，想要嚇倒我：「喂，發什麼呆呢？」她的大眼睛精靈地轉動着。這個平日成熟的老師在我面前依舊調皮，我還蠻喜歡自己能看見她這一面的。俙翹的菠蘿包已吃完，我覺得奇怪：「你還不下車嗎？」

俙翹忽然收起了笑臉，眼睛垂下，猶豫了一會後最終說：「算了，還是下次再說吧。」然後回復那張溫柔笑臉，踏着輕快腳步離開，開始她的一天。而我，也要開展屬於自己的忙碌了。

中午時，手機傳來訊息，我以為是俙翹，螢幕上顯示的卻是家盈。

「咯咯，有人嗎？兩個孤獨的人要不要共晉晚餐？」

我忍不住笑了。

「好呀 :)」

第十五章

我和家盈的見面最近愈來愈頻密。每當我因為俙翹的事感到悲傷和孤獨時，有這樣一個老朋友待在身邊實在很不錯。

有次我們聊到去旅行的事。

「不如我們下次放假一起去旅行吧。」家盈開心地提出。

「好呀。」我頭也沒抬地回答。

終於待到下次放假時，我對她說：「出發嚕！」

她卻猶疑起來，因為她不知道該怎麼對已經相戀五年的另一半開口。對，家盈也是個名花有主的女孩。

她的另一半名叫偉強，我也有見過，頭有點禿，是個略為肥胖，自卑到有點自大的人。某一晚我與家盈相約吃飯，偉強嚷着一定要參與。對那次的三人聚會我沒有太多印象，只依稀記得在寧靜的西餐廳內，有人在喋喋不休地投訴公司，說上司如何待薄他之類這些我不感興趣的話題，又或許我對於一個沒有關係的人的事本來就沒興趣。家盈與我一樣，臉上流露着漠不關心，她和另一半的關係似乎也不太好。她總說自己享受自由，另一半卻束縛她太多。而且據我所知，除了我，家盈還有很多異性朋友。

有時感到孤獨時我也會想，我跟家盈有可能發展嗎？但理性總是很快給予否決的答案。我們認識太久，彼此也知道對方太多陋習，在一起應該會相當頭痛，再者她還有另一半嘛。不過就算撇除上述狀況，當時我對家盈的感情連俙翹的十份一也沒有，就只把她視為同行的旅伴而已。

我理所當然地說：「你不去，我還是會照樣起行的。」那時我工作的壓力非常大，這趟旅程是為了紓壓而去的。

這樣說的意思是告訴她不用顧慮我，另一層更深的意思則是：你去不去其實我也沒有所謂。沒想到過了一會後，卻收到她的訊息：「我會和你一起去的。」

我沒有問她如何應付身邊那位，也不打算處理當中衍生的問題。人生已經有那麼多東西要處理，不太在乎的事情我實在不想再花心神。

那次我們去了台北，停留了四日三夜。老實說，記憶已有點模糊，唯一記得的是我和家盈去了好幾個電視劇《我可能不會愛你》的拍攝場地，只為了拍照片傳給俙翹。

後來，我和家盈又一起去了一次台中。同樣不太想得起細節，不過我想說，我和她什麼事都沒有發生，連手也沒有拖。所以說，每次有人討論孤男寡女去旅行一定會出事時，我都笑而不語。或許說出來很難令人相信，但荒謬的事實依然是事實，不會因為情緒而改變。

無論是和俙翹在澳洲，還是與家盈在台灣，我們都是清白的。當然，在旁人的眼中又是另一回事。譬如家盈的另一半發現此事後便與她大吵了一場，繼而分手了。我沒有問她是因為我的問題嗎？抑或是你們本來已差不多走到盡頭？我要負責嗎？現在回想，當時心上仍裝載着俙翹的我，已再無法分出一點力量關注另一個女生。

在許多個因為俙翹心累的日子，都是家盈陪伴在側，譬如那個俙翹因為胃潰瘍入院的日子。

俙翹總是一忙起來便不好好吃飯，常常到了中午可以一粒米也沒下肚，無論我抗議幾多次，她也只是吐吐舌，說：「下次不會了」。只是，下次還是會因為教學而廢寢忘餐。有時是預備教材、批改課業，有時是解答學生各種疑難和傾訴心事……所以當我得知她住院的消息時，我整個人像熱鍋上的螞蟻，急得亂了方寸，只想趕快跑到她的身邊。

然而，她支吾着說不太方便：「阿剛正在我旁邊……」一盤冷水淋了下來，撲熄了我心裡的火，同時也讓我冷靜下來。是我一時忘記了自己的位置。

不久後的某天，俙翹終於告訴我：「阿剛向我求婚了。」大概她終於儲夠了勇氣。

我不知道自己的表情管理有沒有做好，但我盡量調整好聲線，假裝輕鬆地回道：「也沒什麼大不了，你們確實是差不多時候了。」

她這才鬆一口氣，笑說：「你說得對。」

「定好了日子嗎？」

「我打算待完成碩士課程後，便與阿剛步入人生下一階段。到時再告訴你日子吧！」

「好。」

當晚我早已相約好跟家盈一起吃飯，我一反常態，沒怎樣開口說話，家盈看出了我的憂傷。她沒多問，只是化身成為一位搞笑藝人，落力演出棟篤笑，讓我感覺好像沒那麼難過。

俙翹要嫁給阿剛了。

我想起了最近上網時不經意看到的一段影片，標題是〈每個女孩身邊都有一個不是男朋友的男朋友〉，我發現那個人的經歷和感受跟我很相似。不知道他和那女孩現在怎樣了呢？影片底下有許多不同的留言，其中一個寫道：「當一方成了家，有了孩子之後很多情形就不再一樣了。如果還把他或她當成傾訴對象，婚姻又該如何經營？真正關心彼此的人會懂得後退，默默祝福對方……成熟就是能作出理智的判斷，不要傷人傷己！」

我能感受留言的那位是真心真意為影片中人着想，他寫的，我都明白，可是世事往往如此——應該做、想做和可以做的常常都是不同的事。我知道，有一天對俙翹來說重視的人和事會變得愈來愈多，我的位置可能會愈排愈後，但我早已明白——請你放心，你不說我也會懂，你亦不用解釋，毋須愧疚，只願你幸福。

你家樓下的街角儲放了我最甜蜜的守候，我不會再走近，但亦不會離開。那是我們最恰當的距離。這一次我把對俙翹的感情收進盒子中，我知道真的要讓一切告一段落了。

擔任經理的日子，雖然減少了前線的工作，但卻要做很多監測和批核的作業，更要處理下屬們的疑問，壓力並不比從前少，只是以不同形式存在而已。基本上我除了睡覺，其餘時間滿腦子都是工作，跟家盈短暫的午餐，則成了我每天可以放鬆休息的時間。

「我放風了！」這幾乎是我的口頭禪。

「怎麼你弄得自己像坐牢般。」家盈總會笑着說。

「我的確被困在名為『工作』的囚牢之中！」

「很榮幸在如此寶貴的時間中，你選擇了與我為伴。」家盈笑意盈盈地回說。

隨着相處時間增多，加上我放下了對俙翹的心意，於是漸漸向家盈打開更多的自己，最終，我和家盈很自然的走在一起。沒預計也沒刻意，如同順理成章一般。

我把早餐遞給俙翹時，告訴她我和家盈的事。

俙翹問：「你很喜歡她嗎？」

我沉默，想要回答：我應該比較喜歡你吧。

「和她在一起很自在。」這是現實中我給出的答案。

與海怡不同，家盈不是個柔和的人，她很有自己的想法，甚至有點固執，有時候我跟她還會硬碰硬，但正因此，也擦出許多不同的火花，從不覺沉悶。我想自己喜歡俙翹多於家盈，而且是多很多的那種，但就因為太喜歡了，才總希望在俙翹面前保持最完美的狀態。我們在對方跟前，永遠是美麗而體面的。相反，面對家盈時，我卻能完全做回自己，不必穿起官仔骨骨的西裝，而是背心短褲甚至赤裸相對也覺坦然。

俙翹沒有再說什麼，只是靜靜地吃着我買給她的菠蘿包。出來工作以後，她比從前成熟穩重了不少。她知道有些時候，不說話比說話更好，而說出的話也要斟酌斟酌再斟酌。

臨下車前，她微笑着對我說：「謝謝你一直以來的接送。」下車後還對我揮了揮手。我們都知道，這應該是彼此最後一次在早上相見了。由一開始我只是想要見見她，到後來這段時間成了我枯燥生活的一點光，也讓我體會到 Me Time 的魅力。我這個瘋狂的司機不知不覺已當了兩年。

回程時內心感覺複雜，想到往後再不用那麼早起，可以好好睡一覺不禁舒心起來，但要告別這樣的清晨，以及與俙翹這段獨特的時光，卻是無限不捨⋯⋯只是有些事情，該果斷停止便需要停止。我希望回憶能美麗而不被玷污，特別是與俙翹的，有機會被拖成一條壞尾巴的風險，我通通都要提早切割。她是別人的未婚妻，我也是別人的男朋友，我應該知所進退。

我也是時候前進了，走吧，程鎧！這一次要好好獲得幸福！

第十六章

「你為什麼總是瞞着我跟他出去？」我憤怒地責問。

一旁的家盈默不作聲。

跟家盈相戀，經歷短暫的熱戀期後，很快便回到現實。她跟以往一樣嚮往「自由」，異性朋友並未減少，我當初的憂慮通通都實現了。果然期待一個人改變，是最不切實際的事情。

「你到底有沒有尊重過我？」我把聲線提高。

終於家盈忍不住回嘴：「就跟你說他是我的好友呀！我們已認識很久了！」

「好友會叫對方做BB，會說掛念你嗎？」我止不住怒氣。

「就是會呀，我就這樣。我跟他是知己，世界不是男就是女，我們就是要對抗那些迂腐的世俗眼光！你不也有俤翹嗎？」

「那就可以瞞着我跟他到酒店嗎？」我差點便想咆哮出來。或許她不知道，有次我在她的電話裡看見酒店預訂房間的編號，我記得那天她告訴我自己不舒服要留在家中休息的。記憶其實已開始模糊，我卻無法阻止自己在腦海中不停回溯。我最後只說：「對呀，所以我從沒有阻止你和誰交往，我只是要求你不要說謊！」

和家盈在一起的初期，我們常常為一個叫做「大沙」的男人吵架。大沙也有女友，家盈堅稱她與大沙只是好友，並無越軌。在家盈上一段戀情時，她已與大沙經常見面，偉強亦常常因此事與她三日一小吵，五日一大吵。家盈與大沙出街會拖手，會擁抱，但這還不是重點，重點是他們會互相向對方投訴自己的伴侶（另一方自然只是盡情和應），而最讓我接受不到的，是他們會用露骨的言語互相挑逗……為什麼我會知道？因為我親眼目擊過。當時我跟家盈未有想過要在一起，她可能因為我與俙翹的關係，認為我會明白，希望我可以見證他們這段不被世俗允許的關係吧，但，恕我實在無法理解。

由於我確實也有俙翹這樣的「密友」，對於他們的關係我倒是沒有太多不適感，我介意的是家盈為什麼老把我當作傻瓜，用盡劣拙的謊言來欺騙？要是打算瞞我，保密功夫就做得好一點，不要讓我看出端倪啊。

就像有次，她和我分享電話裡的相片時，竟讓我發現她說要午睡的那天，原來是和大沙去了吃下午茶，還拍了合照；又有一次，她和我吃完晚飯後，我去打籃球，她居然再陪大沙吃了一頓……更令人惱怒的是，每次當我質問家盈，她都矢口否認，可是那些都是證據確鑿的事，這不是把人當白痴了嗎？還記得有一次跟家盈的朋友喝酒聊天，那夜大家都喝得有點醉，當她離座去洗手間時，其朋友竟對我說：「你女朋友不會安份的，要看緊一點。」我從不喜歡單聽別人的評價來懷疑一個人，但這番說話，如今卻一直在我腦中縈繞不散。

「我們現在是起步階段，安全感還很不足。建立信任是很重要的，也是件需要時間的事。一旦信任你，我可以放手讓你做所有想做的事，絕不干涉你，所以希望你以後不要再欺騙我了，好嗎？要是我再發現這樣的事，我真的會跟你分手。」如此的話，我跟家盈已反覆認真說過兩三遍，只是好像一點改變也沒有。

我和家盈的關係日漸變差。但我們始終沒有分手。

「你很愛她嗎？」俙翹在電話的另一頭詢問。自從戀愛後，我已大幅減少與俙翹的聯繫。不單是為了避嫌，也實在是時間不夠用。工作已經夠忙碌，開展一段新關係更是需要時間心血經營，可是與家盈的問題實在令我困擾，除了俙翹，我已不知可以找誰傾訴。

我非常認真地思考俙翹的提問，覺得並沒有。對比起俙翹，我對家盈的愛也就還好吧，至少我沒有愛她愛到願意包容一切，我也覺得家盈沒有如俙翹般尊重和珍惜我。我們的關係並不深厚。

我默不作聲。

俙翹嘆一口氣：「我從未見過你為一個人如此不快樂。」這句話從俙翹口中說出來頗有一點黑色幽默的感覺。

到底是在我無意識的情況下，為家盈而不快樂的情緒超過了我的認知，不知道自己現在其實很抑鬱？抑或我真的從來沒有在俙翹面前流露出她帶給過我的沉鬱，我的掩飾能力值一百分？到底她是如何得出這樣的結論？

「你最喜歡家盈的什麼呢？」

「和她認識了很多年，沒有重新認識一個人的那種疲累。而且，跟她在一起總是很自在，可以讓我做回自己。」

「應該不止如此吧？」

「怎麼說呢……她和我是很不同的人，縱然我們兩人都很火爆。可是我發現，衝突竟沒有讓我們的感情變壞，倒是兩個人都發現了看待世界的新目光。我覺得這樣的體會很神奇。」

「例如？」

「例如她總是對世界有很多不滿，覺得人不應該這樣，像是她知道朋友的公司經常遲出糧，她就會很氣憤，說要去勞工處立案，因為這是犯法的行為。但那公司的員工全都覺得多一事不如少一事，於是她就更嬲怒了……你也知道我的，我對這世界很悲觀，就覺得人就是這樣啊，公司必然以自己利益出發，而大部分社畜總是犬儒。但現在，我覺得我對世界好像也多了一點點的熱情，會想去改變它，至少從自己開始。」

俙翹笑着：「聽上去很好呀，你知道嗎？其實你一直不是個冷漠的人，只是害怕失望而已。」

「可是她與大沙的事真的令我很煩躁，也很苦惱。」我不自覺地地抱着頭。

俙翹以無比溫柔的語調對我說：「愛情是兩個人的事，旁人也無法給予太多幫忙，但你知道的，要是你想找人傾訴，我永遠都在。」

掛線後，雖然問題仍未解決，但抑壓在內心的悶氣好像有紓解了一點。謝謝你啊，俙翹。謝謝你一直成為我的避風港，讓我安心。

我與家盈一直沒有分手。偶爾甜蜜，偶爾吵鬧地渡過一個又一個的日子。我漸漸練成不理會她拙劣的謊言、對她露出的破綻視而不見的絕佳功夫。就像她也從不過問我的行程、我與誰在一起。意外地，我發現這樣的距離也蠻不錯。

我們漸漸習慣了彼此的存在，只是家盈有時會問：「我們什麼時候結婚？」她每一次問，我每一次都會感到驚訝。

結婚？和她嗎？這個情景我完全想像不出來，太遙遠了。

家盈曾對我說，我是她的一個結。我倆在初中時就認識，她說其實那時已喜歡上我。

「我喜歡你很久了喔。」的確，這樣算起來，比我喜歡俙翹的時間還長。但有時我會忍不住想：你和我在一起，是因為真的喜歡我，抑或只是想圓掉你生命中的一個願望？當然，我沒說出口。不是因為害怕，只是因為答案並不重要。

2014年，28歲的我轉了公司，仍然是做審計的工作，但規模小了很多，而且需要經常往外地公幹。

起初我有點不適應，因為時間再度無法由自己控制，而且頻繁往返不同的地方使我非常疲累。同一時間，由大公司轉小公司的落差也讓我不安，對前途感到徬徨，不知道是否能發展順利，甚至因此有點抑鬱傾向。

「我很害怕自己沒有能力照顧父母。」我還是頭一次在家盈面前落淚。

「你的父母不用你養喇，他們有樓，可以過得好好的，不用擔心。」

我這才想起，對呀，我的父母是我的後盾多於負擔吧。其實家盈本來也不喜歡我這份新工作，但後來她自己的工作也開始要出差，這才明白有時是無可避免的，也體諒多了我，變得體貼起來。

這段期間，我減少了和家盈相處的時間，與俙翹更幾乎沒有見面，只偶爾透過短訊聊上幾句話。

「人生就是要學會在雨中跳舞。」有次我短訊對俙翹說。

「我陪你。」

我知道俙翹在職場上也有她的困難，別人只看見了她的收穫，卻不曾想起她背後的付出。俙翹是個對自己有很高要求的人，有次她被臨時拉夫成為講座的嘉賓，只能硬着頭皮半吹水半把自己所有的知識運用上。完結後，她覺得自己的表現很差勁，但周圍的人卻紛紛讚賞她，她並不覺得開心，只是在想下次如何可以做得更好。不少人都會覺得，老師是個讓人容易故步自封和自滿的行業，畢竟在學校裡算是半個土皇帝，但俙翹從不這樣。

我們曾立志日後要成為優秀的人，現在看來我們都沒有辜負往日對自己的期待，而我慶幸在前行的路上，一直有她與我並肩。

為了能多賺點錢，除了辛勤工作外，我一向有投資股票市場。但說來慚愧，有次炒期指我輸了足足數十萬元，那可是我一個個月辛苦儲回來的血汗錢，沒想到一舖清袋，還擔心家盈聽到後會不會對我破口大罵。

「錢而已。」沒想到，她只是輕描淡寫地說了三個字，便沒有再說下去。家盈的金錢觀有點與眾不同，不能算是仇富傾向，但就是有點不屑錢。所以聽到我輸掉了錢後，她並沒有太大感受；老實說，之前我還覺得她這種金錢觀有點不切實際，但當刻我卻非常慶幸，因為她沒有煩我，說以後不准許我再染指這些東西，或要我節衣縮食等等。

「不是很多人在你這個年紀有數十萬可以輸，沒事的，你很快可以賺回來。」與家盈的爽快不同，溫暖的倆翹則這樣安慰着我，讓我寬心，感覺在她面前，一切問題都不再是問題。多得她倆，才讓我再次振作起來。

2016年，我30歲。俗語說，三十而立。這一年我買了人生第一個物業，擁有了屬於自己的單位。家盈知道後卻很生氣：「那麼重大的事為何你可以完全不與我商量？你的未來規劃到底有沒有我？」

「這不過是小事，沒有你說的那麼嚴重。而且我們有一起去看過單位嘛，就只是下訂時沒有通知你而已……」

「總之你把它賣掉！我不能接受這樣的大事，竟沒有參與其中。」

我不想屈服，心想：她又有多預備好自己參與我的未來呢？至少，她並沒有付出努力重建我們被破壞掉的信任，是，仍是關於大沙的事。我心裡始終有條刺，被別人當白痴的感覺非常差。我甚至在考慮要不要和她分手，還說什麼將來？這個女人一點都不了解我，也搞不清楚狀況。

正常人知道我買樓了不該替我高興嗎？如果真的想和我結婚，就該快點搬進來和我一起同居才是。不過如今回頭看，倒能發現因為她是個直率、不耍手段和不帶機心的人，才不會想到那麼多，也不會太去計算一些事情。這或者可說是她的一大優點。

買樓這件事，事後我也告訴了俙翹，更久違的相約她共晉晚餐，親身把這個消息與她分享。

「恭喜你！我很替你開心，這都是你一直以來努力工作所換取回來的成果！」

總算有一個人願意為我這個決定而高興。

然而她這樣續說：「找天上來你的新居吃飯吧，順便介紹你的家盈給我認識，她是你重要的人，我也想和她結交啊！」

我只是笑笑，沒回應，後來俙翹便再沒有提起。家盈知道我和俙翹的關係，一直很抗拒她。

說着說着，俙翹電話響起，是阿剛打來，他們聊了好一會。那種熟悉的心酸感突然再次向我襲來。我甩甩頭，對自己說，這只是因為我太久沒有與俙翹好好坐在一起互訴心事才重新勾起這樣的感覺，我已經克服了，知道自己的位置，也安於這位置。

說回買樓這件事，與家盈多番爭吵後，她已放棄要求我賣樓，後來也會到我的新居相聚，只是一直沒有搬進來同住。她常借故提起結婚的事情，我知道她很想我向她求婚。對家盈來說現在確實是適婚的年齡與時間點，只是我不為所動。我不是沒有半點歉疚的，但此刻，暫時還沒有想和這個人步入人生下一階段的慾望，畢竟婚姻並不兒戲。

順其自然吧，這是我當時的想法。

第十七章

當然，順其自然是我的想法，並不是家盈的。

我能感受到她想要結婚的焦躁，而且一天比一天加深，證據是她時常為了小事發脾氣。像是我約會遲到了五分鐘，她便會整天都黑着一張臉（以前她可不是如此斤斤計較的人，我們早有共識只要對方在十五分鐘內到達便屬可接受範圍），或是說我致電她時語氣不好（拜託，我的語氣由始至終都是這樣好不好），後來乾脆說我新居的風水不好影響了她的心情⋯⋯我知道，這一切一切都是因為她內心不高興，不高興，自然看什麼也覺得不順眼。

老實說，和家盈相處是愉快的，自在的。我們的關係很平等，能讓對方見盡自己最邋遢的一面，也安然向對方發脾氣而不擔心對方會離開。在家盈面前我很放鬆，這或許亦是我一直沒有和她分開的原因。可是要和她過人世？除了她與大沙的事情讓我有所卻步外，我自問對她的感情也沒有強烈到想牽着她的手步進教堂的程度。於是我雖然清楚她心裡所想，還是選擇先拖着。

倒是工作這邊，我有了新方向。做了打工仔接近十年，各種能力和技巧已磨練得差不多，加上經常四出接觸不同的人，我自覺對人性也認識不少，裝備已足夠。我不想再被人壓搾，更不想被逼壓搾別人。我不願長成令自己討厭的人，於是 30 歲後，我除了置業，還創業。

我開設了自己的審計公司。

做老闆聽上去很爽，可是剛開始時其實是很不安。沒有固定的行程和工作，也不會有人從旁督促你，一切要由零開始，所有東西都要慢慢摸索。

慶幸自己從前不是個混水摸魚的人，該學習的都學習了，該觀察的也沒有遺漏，日子倒沒有白過，漸漸我便開始建構屬於自己的日程和公司發展的計劃。公司在我與拍檔苦心經營下，慢慢總算走上了軌道。一切穩妥下來後，本該進入休養生息的狀態，但 2017 年時，我又下了一個重大的決定，除審計外，我決定再開展另一份副業——進軍零售業。

本業我已幹得太久，開始覺得沉悶。

「何必如此辛苦自己？做個老闆享享福不好嗎？」我的審計拍檔一邊打機一邊問。

「但人生只有一次，你不認為應盡力嘗試最多的事情嗎？這樣多有趣！」

我看準了某項台灣的產品，能預見它有很大的發展潛力，只要抓準時機，成功談到代理，說不定回報會很不錯。其實當時的我沒有經驗也沒有人脈，現在回想也不知是哪來的勇氣，但人生有時或許就是需要這樣子的衝動。結果證明我的眼光沒有錯，我的本業和副業現在可說是均發展得不錯。

不過踏出舒適圈還是一項大挑戰，回想那時自己隻身飛到台中和廠商面談，難免覺得不安和孤獨，幸好過程一切順利。晚上逛夜市時，我才想起這是我第一次單獨來到台灣，突然覺得自己好像獨自到新加坡闖蕩的李大仁，那時我不明白他的用意，現在我瞭解了，人生到達某些瓶頸時，便需要衝擊。一想起了《我可能不會愛你》這齣劇集，自然又想到了俙翹。

我傳短訊予俙翹告訴她自己事業的新方向和剛才的領悟。

「恭喜！相信你一定會成功的！」我忍不住微笑，俙翹總是如此信任我。

然後她又說：「今天也是我碩士課程的最後一天，我要脫苦海了！」

望着螢幕，心裡一沉，明明本該恭喜她或是讚賞她的努力，可是我卻做不到，因為我想起了她對阿剛的承諾。「完成課程後，我便會與阿剛步入人生下一個階段。」她曾這樣對我說，此刻我拿着電話好一會，久久無法輸入任何字詞。

或許人在異地自制力自然較為寬鬆，我鼓起勇氣回道：「想不到今天是你課程的最後一天，我有點不開心呢。」俙翹沒有回應，大概她也明白我悲傷的緣由。

在台中這一晚，或許受環境影響，很多回憶都湧入腦中，我去了 7-11 買了一罐台灣啤酒，在酒店的露台靜靜地望着台灣的夜景。電話沒有再響起，安躺了一晚。我已習慣俙翹的已讀不回，她也習慣了我的習慣。

時間來到 2018 年，32 歲的我事業已發展得相當穩定，而俙翹亦成功再升了職，但她似乎同樣為到升職後的人事有點困擾，同時又因為少了時間直接面對學生，改為要把時間花在行政事宜上而不快樂，於是趁着一月她的生日時，我送了份禮物給她，希望能博她一笑。是的，即使我們減少了見面，但每年的生日一聚還是絕不能取消。

那是一幅我親手繪畫的畫作，畫了她正在做不同事情如教書、編排人事和活動、報告等，喻意她升職後的付出將能影響更多學生。老實說，我毫無藝術細胞，也從未送過畫作予別人，沒有畫功，人物都是火柴人的樣式，畫作自然談不上美麗，但我相信有很多言語不能表述的支持，透過畫作卻能傳達。而俙翹感受到了，那夜，她笑得很開心，似乎壓力紓解了不少，雖然代價是以後一有機會她便會取笑我的畫工。

那個月我們連續見了四星期，這已是多年沒有發生的事。一來大家忙碌，二來自然也是彼此都守着分寸。我們明白適度的距離，才可以令我們走得更遠。所以那陣子頻繁見面，讓我印象特別深刻。

在第四個星期時，俙翹提出：「我很想出外走走，不如我們今天即日來回，去一趟澳門好不好？」

「好呀，我也很久沒去過了。」對着俙翹，我依舊沒有說不的力量。

到達澳門時已是日落時分，我們買了兩罐啤酒，上了彼此都沒有去過的旅遊塔，把澳門的景色盡收眼底。我與俙翹從沒有冷場，總有說不完的話題，但這刻她卻極奇安靜，只是坐在我的身邊久久不語。我突然意識到，她該是有話想對我說，只是不知怎樣開口。上一次她這樣，是要對我說阿剛向她求婚了。這次呢？

「你要結婚了嗎？」我很想問她。但我終究和她一樣，沒有勇氣開口。

不知道是否因為啤酒已變暖，味道前所未有地難喝，而且好像額外苦澀。但我還是把它喝完。人人都說酒精會使人精神鬆懈，顯然我們二人都失敗了，緊閉的口還是說不出一個字，又或許是我們喝得太少，來不及醉。

凌晨十二時，是時候要搭船回香港了。雖然只有不到半天，但能逃離香港，和俙翹這樣共渡只屬於兩個人的時光，我還是很快樂。船上俙翹累了，不自覺靠在我的肩膀上沉沉睡去。她髮絲的香氣飄過來，剎那間我被牽扯進十年前的澳洲之旅，那時候同樣只得我們二人，她的笑容只為我綻放，全程專注在我的身上。我知道，那些幸福都是借來的，無論是當年在飛機上，還是此刻在船上，俙翹醒來以後，便會回歸到另一個人的身邊。她睡着時總像一個純真的小孩，大概在不久的將來，她便要穿上嫁衣，成為別人的新娘。其實我也很疲累，也很想入睡，但我和從前一樣，依舊捨不得合上眼。即使只是借來的，我也想多望一會。

回港後我把俙翹送回家中，那個晚上一直到最後，她還是沒有開口。

其後的兩個星期，我又借故約了俙翹吃飯，想給予她機會親口對我說，但她始終沒有。而我也未有主動提問，或許心底裡我也不想面對這件事。沒有說出口的事，好像就能不存在似的。人類，有時候會這樣自欺欺人。

就在兩個月後，我和俙翹還有幾位共同朋友一起吃下午茶。言談間他們似乎提及脫離單身前的旅行，但阿嵐可能感覺到我並不知曉這事，很快便顧左右而言他地轉移了話題，而我也沒有追問。其實我明明聽見了，但卻裝作不知。只要俙翹一天沒有親口對我說，我便能繼續否認下去。

八月是我的生日，俙翹和我吃生日飯，整晚談得很開心。一直到我踏入家門，都沒有什麼後續。我放下了心，開始心存一絲僥倖，或許真的沒有發生任何事，她還未需要準備婚禮，是我想得太多了。

九月中的某天，收到俙翹的短訊：「今晚有空嗎？」

「不好意思呢，我不在香港。」

十月二日下午二時零九分，平常的一個下午，懶洋洋的我兩小時前才起床，吃了一個即食麵後，休息了一會，剛換好衣服準備出門見客。熟悉的短訊聆聲此時響起，是俙翹。

「有一件事我想告訴你很久了，由我生日到你生日，我卻一直沒能說出口。對不起，請原諒我的自私，你可能是最後一個才知道的。我的婚禮會在這個月舉行。無論如何你也要出席。我最後一個請求是，我希望我們能永遠不要變。附上婚禮時間和地點……」

我收起了握住門把的右手，呆呆地望着電話，站在門前的腳沒辦法再踏前一步。我定了定神，慢慢地步回客廳之中，攤軟在沙發上……

第十八章

望着手中的短訊，我知道我該回覆，否則俙翹可能會感到不安，我不願意自己為她帶來哪怕一丁點的負面情緒，我想告訴她：

我真心替你高興，因為我知道阿剛很愛你。我真心替你高興，因為我知道你也很愛阿剛。我祝福你們，找到適合自己的另一半。

我還想謝謝她的猶豫，那是她顧念我的證據；亦想謝謝她的勇敢，我知道把這事通知我並不容易……可是手指就是不聽使喚，身體比我更坦白地承認，其實我並不想回覆。

我不想面對這件事。

大概十分鐘過後，我的心終於戰勝了肉體，能命令手指打出自己想要回覆的字句：「恭喜你！雖然一早已做足心理預備了，但原來真的發生時還是覺得震撼。我還未準備好給你的結婚禮物呢，誰叫你這麼遲才通知我？作為報復我會等到完成後才跟你說那是什麼，哈哈。我會預留那一天的，放心。我打從心底衷心祝福你，我相信你做了正確的選擇。無論你的身份如何改變，我們的關係都不會變的，我答應你。」

只是短短的百多字，已花光了我所有的力氣。我繼續攤坐在沙發上，對自己說，十五分鐘，十五分鐘之後一定要出門，否則見客便會遲到了。我合上眼睛，腦裡空蕩蕩的，耳邊只聽見時鐘的滴答聲。

三天後，我久違地駕車到俙翹樓下接送她上班，再一次站在那熟悉的街角，俙翹像往日般愉快地向我走來，彷彿我的出現就是她的日常。我們沒有說起結婚的事，這件事就像不曾存在。

後來我們又陸續見了幾次面，在最後一次吃飯時，她才輕輕說起婚後會搬離娘家，與阿剛搬到新的地方居住。我沒有多問，俙翹也沒有多說，我們就這樣沉默地一直走在她回家的路上。

半路時，俙翹突然說：「不如我們一起搭巴士？自從你買車後，我們已很久沒有一起乘搭巴士了！」

偶爾我會回想，到底那夜俙翹是不想再在那樣沉重的氣氛下跟我漫步？抑或真的只是單純想跟我從溫舊夢？但人生呀，有時真正的答案也許並不重要，重要的是我記得那夜我們都在開心地笑。

幾經辛苦我終於買到一個合心意的小夾萬，到找換店兌換了十萬台幣，連同祝賀卡一起放進去。我知道俙翹收到後會明白我的意思——這是李大仁本來答應在程又青出嫁時送她的結婚賀禮，只是在劇中，禮物最終沒有送出去，因為他們二人在一起了。而我與俙翹則永遠只能保持着這樣的最佳距離，就讓禮物代替我留在你的身邊吧。

「你在家嗎？」我傳訊息予俙翹。

「在呀。」

我開車到俙翹樓下，把小夾萬交給她，之後便轉身走了。俙翹一征，卻也沒說什麼，只是點點頭。我怕自己說得太多會忍不住流淚，這樣不是太不瀟灑了嗎？離開，就是我留給自己最好的下台階。

回程時我想到，以後這個地方是不能再來了，也不可能再忽發奇想突然想接俙翹上班人便出現。雖然我曾承諾即使她結了婚，彼此關係也不會有所轉變，但連三歲小孩子也知道，這是不可能的。有些承諾，之所以存在只是為了讓人安心而已。回想過去十多年，俙翹家樓下的街角早已成為我最熟悉的地方，我就像那些拍戲的主角，每當心煩意亂或無所事事時，都愛偷偷來到這裡走一轉，我已經記不起自己有多少次在這裡沉澱思緒後，再重新出發。

今夜最後一次在遠處遙望，想起第一次到這裡來是大學時，我織了一條頸巾，當時不知道為什麼不想親手交給俙翹，而是交到管理處，硬要她下樓收件，還耍帥地說自己已經走了，事實卻是躲在一旁偷看她收到禮物時的身影……

這個在城市裡不起眼的角落，卻滿是我的回憶。匆匆忙忙的生活中，只有這個地方是我願意停留下來的。我在生活中遇到所有的難題和不快，只要來到這裡，便會覺得有曙光。因為能令我高興的俙翹，必定會在這裡出現，我唯一需要做的就只是等待。而等待的過程總能讓我的心平靜下來，思路因而變得暢順，助我落下一個個不會後悔的決定。我已經習慣了到這裡來，這裡有我愛着的人，我感到放鬆與安慰。但我知道，是時候捨棄這個習慣了。

距離俙翹婚宴的日子還有兩星期，這段期間我一直讓工作充斥生活，家盈還以為我接了大生意，其實我只是把所有需要做的和不需要做的通通都做了一遍，這樣我才能阻止自己胡思亂想。我也不知道自己到底是想那天快點到？還是希望那天永遠不要來？但時間是公平的，它一直用穩妥的腳步向前邁進，那天還是來到了。

那是星期六，我騎着很久沒用過的電單車來到俙翹家樓下，我沒有脫下頭盔，生怕被誰看見。我也不知道自己為什麼出現在這裡，或許就只是想碰碰運氣，看看能否遇見俙翹出門，但其實看到又怎樣？我不知道；又或許只是潛意識想要親身到此進行一個告別儀式——今後這裡將不再住着我愛的人。呆呆地等着，後來才想到，或許她會選擇在酒店出門也說不定。總之那天不知是時間不對，還是地點不對，我沒有等到俙翹，逗留一會後便回到家裡梳洗。

天還未黑我便來到了舉辦婚宴的酒店，但我藉詞等朋友而沒有進去，只是一直站在酒店不遠處的公園角落抽煙，已經很久沒有抽了，這刻卻一根接一根地抽，如果現在有人仔細望我，或許會發現我的手指正不由自主地顫抖着，幸好這個世界還是冷漠的人居多，並沒有人留意到我輕微的狀況。

耳機這時剛好傳來《那些年》這歌：「那些年錯過的大雨，那些年錯過的愛情，好想告訴妳，告訴妳我沒有忘記……」與俙翹的回憶又緩緩地在腦內一格格重播，而觀眾只得我一人。很想知道，在平行世界另一端的我們，到底有沒有在一起呢？一起的話，又會幸福嗎？歌曲完結後，剛好朋友來了：「不好意思我來遲了點！」

我拉下耳機，換上愉快的語調：「沒關係，我們進去吧！」呼出最後一口煙，我把煙熄滅丟掉。

俙翹今天結婚了，我很難過；俙翹今天結婚了，我很高興。

我希望俙翹能像童話故事般，從此幸福快樂下去，她永遠是我的公主，而我並不介意自己做不成王子，只要她能夠幸福。

婚禮的宴會廳在二樓，沿着樓梯拾級而上，我的腳像綁了鐵球，每一步都覺得沉重，走得異常吃力。首先映入眼簾的，是俙翹與阿剛的婚照——他們笑得很甜很燦爛。

第十九章

我的臉瞬間僵掉，婚照太耀眼，光芒成了一把能刺傷人的利刃。我趕忙搓暖手心，覆蓋在臉上，讓臉容回復正常。絕不能讓人察覺我有任何異樣。朋友皺了皺眉，對我的舉動感到疑惑。

由於我跟阿剛是中學同學，和俙翹的好友也相識，所以接待處的兄弟姊妹很快便認出我，告訴了我們枱號。旁邊是俙翹與阿剛拍攝的婚照相簿，我假裝翻了一下，便催促朋友：「時間差不多了，我們快進去吧！」老實說，那些照片拍得很不錯，裡面他們二人都很美，並散發着戀人的甜蜜氛圍。他們，很匹配，因此更刺痛我心，就是連眼角，我也不願讓照片映入。

就在我推着朋友邁開腳步時，有人叫住了我，是俙翹的表弟，我曾經替他補習。我們已很久不見，只是間中短訊聯絡幾句。寒暄之際，預備進場的阿剛與俙翹剛巧來到我們身旁。我刻意避開與俙翹眼神接觸，只是把目光轉向阿剛，我不知道自己這樣做是因為無法面對俙翹，抑或是怕阿剛誤會，總之下意識便這樣做了，總感覺能免卻不必要的麻煩。

我恭喜阿剛，但或許太失神，理智斷了線般一時口快說：「看來你過得很好呢，和我一樣發福了，哈哈。」阿剛聽到後面色有點難看，但他一如以往只是微笑點頭，沒多回應。就在我打算離開時，沒想到俙翹卻硬拉着我與友人，一臉高興地說：「我要和你們合照！」在旁的酒店工作人員與阿剛則一臉焦急與無奈，因為已差不多到新人進場的時間了。

我們進到會場時大部分賓客已就座，場地佈置得很典雅，以淺紫和白色做間隔，素淨而不刺眼，沒有多餘的裝飾，每張桌上都放了俙翹最喜歡的紅玫瑰。我與朋友坐的那枱全是女生，都是俙翹的好友，有些是我認識的，大概她們也知道我是誰，只是我們全程都沒交談，反倒是我和身旁初次見面的女生聊了數句。

「我是俙翹的舊同事，你呢？」

我一時間竟說不出話來，我該如何定義自己與俙翹的關係？

「我是俙翹的好友，我們在中學的聯校活動時認識的。」

燈光熄滅，預示着一對新人即將進場。四周響起歡呼聲，誓要把氣氛推到最高點。我把眼前的一杯白酒一飲而盡，酒落到空腹的肚內，灼熱了我整個人，繼而變得輕飄飄起來，才記起自己今天不曾吃過任何東西。我再喝下一杯，酒精讓我的感覺變遲鈍，四周開始模糊，產生了一種距離感，一切都變得不太真實。這正是我要的感覺。

一對新人進場，朋友們都起勁拍掌、吹口哨，甚至有些人站起來，想要一睹新人的風彩，我就只是靜靜地坐着。我離俙翹與阿剛有點遠，我想他們不太可能看得見我，這才放心把目光肆意地停留在俙翹身上。

俙翹今天特別明艷照人，平日的長直髮變成了嫵媚曲線，並在後面挽起成髻。妝容沒有太濃艷，卻予人閃閃發亮的感覺。她的嫁衣很簡約，沒有過於暴露的低胸，也沒有大露背，就只是花紋簡單的一襲平口白色婚紗，樸實而美麗，非常有氣質，是她喜歡的設計。都說女人出嫁的樣子最美，所言非虛，我看得有點呆了。俙翹身旁的阿剛，今天也很好看，一套黑色西裝剪裁非常合身。二人臉上都流露出新人獨有的、滿足又甜蜜的感覺。

她真的要嫁人了。

俙翹與阿剛到達台前，主持人說了幾句後，很快便進入簽字儀式，雙方父親上台做見證，二人在婚書上互相簽名，不消幾分鐘，他們便正式成為合法夫婦。時間快得令我產生「也沒什麼大不了」的想法，好像也沒有多難受，我的心情漸漸平復。我覺得自己在這個晚上可以衷心地享受和見證他們的喜悅了，畢竟我所愛之人過得幸福，也就別無所願。

一對新人在台上致辭。

俙翹：「首先我要多謝老爺奶奶，你們養育了阿剛，讓我能遇到他。阿剛是個很能幹的人，我有點神經質，但在他身邊我永遠感覺很安全……」這是我第一次聽俙翹對着那麼多人講話和分享，很新鮮。我臉上不由自主地露出微笑，並首次知道，俙翹心目中的阿剛到底是怎樣的。阿剛也感謝俙翹的父母，或許他很緊張，臉一直是緊繃着的。我的目光轉向俙翹的父母和姐姐，一陣熟悉感襲來，我也有很長一段時間沒見到他們了，看見他們安好，亦覺寬心。

酒店開始上菜，這時阿剛上台拿起了咪高峰，在樂隊的伴奏下唱起了Ed Sheeran的《Perfect》：「Now I know I have met an angel in person, and she looks perfect, I don't deserve this, you look perfect tonight...」我看見台下的俙翹眼睛一秒也未離開過阿剛，唱畢後他們輕輕一抱並吻向對方，我在

他們的身上看見了愛情。

我的身份很微妙，若我說我是他們愛情的見證人大概無人可反對。這個女子，曾經很脆弱，因為這個男子她的心曾粉碎成沙，無論是誰都不能填補她的空虛，唯獨他能止住她的淚；這個男子，我曾見過他失去她時失魂落魄的樣子，也看到過他在她身旁時從心底發出的甜笑。他們在一起，是件美事。

我的臉上一直洋溢着微笑，朋友忍不住說：「看來他們結婚你很高興呢。」

「哈哈……當然。」然後與他碰杯，再把一杯白酒送進肚內。

嗯，為什麼這間酒店的白酒如此難以入口？明明這裡是五星級酒店。

終於來到我最不想參與的敬酒環節，阿剛與俙翹以及一眾兄弟姊妹與高采烈浩浩蕩蕩地遊走在不同的酒席之間，現在他們來到我們這一桌。我連忙像其他人般站起高舉着杯子，祝賀一對新人。這次我沒有與阿剛對上眼——我原本不打算望向任何人，只想再把杯子裡的白酒通通灌進肚子，卻沒想到俙翹朝我做了一個趣怪的歪頭動作，也不知道她是在向我打招呼，抑或是問我怎麼了，在混亂之中，我們各人只是無意義地盡說着「恭喜」、「百年好合」、「連生貴子」等祝賀語，把一對新人和兄弟姊妹送走。我垂下眼，也實在沒什麼其他好說的。

正當我打算坐下時，俙翹的爸爸媽媽卻向我走過來，他們一眼便認出了我。老實說，我有點驚訝，畢竟我們已多年未見，而且我還「發福」了不少。

「恭喜李爸爸、李媽媽！」我跟他們握手道賀，俙翹爸爸沒說什麼，只是一如以往地沉默，微笑地點頭看着我；媽媽卻令我一時反應不過來，她緊緊地握着我的手，久久不放，只是以溫柔的目光一直看着我，似乎有很多話想對我說，卻又無從說起。俙翹的父母都是聰明人，他們把一切都看在眼內，他們什麼都知道。

瞥見敬酒的隊伍幾乎已全離開我那一席，俙翹的父母卻像沒有跟隨的意思，我們一直握住手靜靜地彼此對望。終於還是我開口打了圓場，說着有機會要和他們相約吃飯什麼的。我怕再望下去，其他人會意識到異樣，我更怕的是，若繼續凝望，我的淚水會決堤。或許我猜到俙翹的母親想和我說什麼。

他們離開後，朋友問：「那是俙翹的父母嗎？」我點點頭，想起席上應該也有其他人認出，於是略為解釋道：「以前幫俙翹表弟補習時和他們見過面，所以認識了。」兩老的舉動在外人看來或許有點奇怪，但對我而言卻帶來了莫大安慰，他們認同了我特別的位置，甚至不惜特地前來駐足跟我傾談。

婚宴去到最後的拍照環節，排隊等候時我先去跟俙翹的父母合照，我其實就是抱着閒聊的心態過去，沒想到一向嚴肅的爸爸竟沒有拒絕我的要求，跟我一起自拍，媽媽也是笑着與我合照。

「聽說姐姐生了兩個男孩，你們湊孫會很辛苦嗎？」

「男孩真的比較百厭，沒有一刻是停下來的，你小時候是不是也這樣？」

「我忘記了，不過媽媽說我也不易湊就是了。」

「但看着他們總是開心的。」

一說曹操，曹操便到，喝得有點微醺的、俙翹的姐姐走過來，用了幾秒認出我。和平日裡酷酷的樣子不同，她興奮地嚷着：「喂，很久不見了呀！來來來，和我也拍張照！」俙翹的姐姐還把自己的老公和小孩都叫過來。我摸摸兩兄弟的頭，突然想起，我在哥哥還是嬰兒時抱過他呢，不由得感慨起來，我在不知不覺中也佔了俙翹最親的家人中回憶的一部分，裡面有我的身影，不只是我記得他們，他們同樣沒有忘記我。原來除了我成為俙翹與阿剛愛情的見證人，也有人見證了我跟俙翹的青春，過去的經歷並沒有如煙般消散。

拍過照後，姐姐輕聲問：「你結婚了嗎？」

「還未呀。」我不自覺地苦笑起來。

姐姐有點擔憂：「你……該不會還未拍拖吧？」

我笑了笑，回道：「不不不，我有穩定女友了。」

「那就好，你快點結婚喇，要過得好啊！」姐姐像是鬆了一口氣。

站到拍照的舞台上，我沒有與俙翹單獨合照。就這樣吧，我想。下去時，俙翹的一位姊妹問：「我們待會有後續派對，你要不要一起？」我心想：大概我不適合去吧。就微笑一下，搖頭婉拒了。我與俙翹的家人道別過後，便靜悄悄地離開。然而回家的路上，卻收到俙翹表弟的短訊：「我們什麼時候一起吃飯？這不是那些『得閒飲茶』的邀約，是真的想和你聚一聚，記得給我一個日子啊！」我的臉上又再泛起微笑。

我慶幸自己有來到這場婚禮，見證了俙翹重要的日子，同時也見證了我與俙翹一同渡過的時光。我知道俙翹有不少親密的異性朋友，但環顧整場，似乎只有我獲邀出席，而且受到了她親人的接納與關懷。我為自己沒有臨場退縮與中場離開而自豪，也感激俙翹的邀請，雖然我依舊覺得這是我人生中遇過最瘋狂的邀請。

第二十章

婚禮後大概兩星期，我與俙翹終於再次碰面。

飯局由某位朋友發起，我們一行四人都是在澳洲相識的，屬於間中會聚一聚的關係。本來難得一見，加上又是俙翹初為人妻後的第一次聚會，氣氛本該熱烈，但不知是我多心還是什麼，總覺得彼此間有種彆扭，又或者更準確地說，是我與俙翹之間彷彿多了層隔閡，一種以往沒有且肉眼看不見的疏離。

是我未整理好思緒，抑或只是我過於敏感？還是俙翹真的不同了？我感覺到自己內心下意識地畫了一條世俗的界線，對已作為人妻的她，我不該再作任何窺視——即使我只是把她視作一種很珍惜的存在，從未想過越軌。但這樣的關係，是否也到了該終結的時候？就讓彼此像成熟的大人一樣，漸漸淡出對方的生活，這樣才是最好的，對嗎？

我默默吃着眼前的餸菜，甚至連頭也沒抬起來，生怕一接觸到俙翹的雙眼，她便會得悉我心中所想，屆時……答案令我恐懼。我們四個人就這樣有一搭沒一搭地聊天，不知他們可會覺得氣氛異常，或是由頭到尾都只我一人意識過剩。後來俙翹說：「我明天要上班，先離開了。」如果是往日，我必定跟着離座，送她上車才回來。但今天我只是默默坐着，輕聲和她道別。她，有察覺到我的轉變嗎？

兩個月後是俙翹的生日，每年我都會細心挑選她的生日禮物，倒是自己的反而隨心過。我訂製了一隻白金手鈪，鈪上刻着一朵玫瑰，因為俙翹喜歡玫瑰，也因為俙翹永遠是我心中的那朵玫瑰。餐桌上，我的心情有點不安，畢竟我還未掌握好她婚後彼此的距離。但我還是用最愉快的語調對她說：「生日快樂！」這是她婚後，我首次和她慶祝生日。

「謝謝！」俙翹嫣然一笑，她的笑容化解了我的緊張，還立刻把手鈪戴上了，並稱讚我有眼光，這個舉動令我的心定了點。

飯後我們一起去散了步，這天剛好俙翹回娘家，於是我們又一同走在那熟悉的路上。

「你記得我們之前一起看的電影《Her》嗎？」

「記得，是一套美國科幻愛情片嘛。男主角愛上了AI，並和其戀愛。」

「最近我機緣巧合和朋友再看了一次這電影，朋友說和AI談戀愛很奇怪，只有在電影裡才成立。可是我會想，她憑什麼判斷那必然不是愛呢？愛不就是一種情感嗎。如果我們都能相信人能夠對成為了植物人的伴侶懷有愛，為什麼AI卻不行？AI可是能好好與你溝通呢！」我就是喜歡俙翹的思考迴路，她不是會被很多東西框住的人。

「對呀，我記得那時我們也一致認同那是可以稱之為愛情的感情。」

「對了！」俙翹突然話鋒一轉，「其實我一直想問，你和海怡分手不會是因為我吧？」我霎時不懂回應。

「海怡對我很生氣嗎？」俙翹有點小緊張。

我笑笑：「沒有喇，我之前有次碰見過她。她已經有了待她很好的男友，過得不錯，不用擔心，是我配不起她喇。」

俙翹舒了一口氣：「那就好。喂，你也要幸福呀，我也要看見你過得好！」

看着俙翹溫暖的笑臉，我突然發現，即使她結了婚，其實我們的關係也可以不變，我們仍是那個能互訴心意和想法的、親近的人，感謝俙翹用行動告訴我，這事是可行的。她已經做了她的那份，我也要努力！

送別俙翹後，我摸摸自己的心，嗯，還好，並不覺得痛。我想我已跨過了這個關口。

俙翹婚後我一直在思考，自己是不是也該步入婚姻了呢？雖然家盈近年已沒有再提結婚的事，但我心裡知道她還是想披上嫁衣的。我和家盈已經在一起四年多了，最近也比較少吵架，感情亦穩定下來。她比起以前已不太會欺騙我，又或許，是我懶得拆穿她。我不是想要掩耳盜鈴，只是我漸漸發覺，許多人與事如果捉得太緊，便會失去意義，也會破壞當中的和諧。就讓我們在微妙的距離中，掌握好平衡，這樣也很不錯。

家盈其實是個很好的伴侶，她雖然不會婉言安慰別人，但總是陪在我的身旁。有次我在行山時跌傷了，起初她還取笑我，然而嘴裡一邊笑着，雙手卻一邊忙着替我包紮，攙扶我下山，又為我打點一切。後來才想到，她的取笑，似乎是想製造輕鬆氣氛，好減低我的緊張感。有她在身邊，我總是很安心。要是旁邊的是俙翹，我大概會逞強說自己沒事，然後讓自己的傷變得更嚴重吧。

不過，我真的是時候結婚了嗎？這個「是時候」，是因為我到了適婚年齡？是因為和家盈該拉埋天窗？還是因為俙翹已經嫁人了，一切真的塵埃落定？老實說，我真的不知道念頭冒起的真正原因是什麼。幸好人生不是一份選擇題，我不一定要選擇某個答案，也不會有誰來為我打上分數。還是姑且先把這想法緩一緩，再作定奪。

2019 年，我 33 歲，物業已買入了三年，出售再不用付上昂貴的印花稅，於是我便把這個家盈很不滿意的居所賣掉，這次真的和她一同看樓再一同簽約，正式與她同居。

本以為火爆的我們在同住初期會有許多衝突，沒想到什麼都沒有發生，我們就像一起同住了很久的家人般，意外地習慣彼此的存在。我們都不介意看見對方的不完美，也蠻能包容大家的缺點，總之，很舒服。那一刻我在想，與這個人共度一生，好像真的很不錯。

年初我們計劃了去冰島旅行，是個求婚的好時機。我預備好戒指以及把冰島的小屋略為裝飾，放了她喜歡的公仔，佈置了一些鮮花和燈飾。猶記得家盈步出浴室時，我還未準備好，她說了句：「你在弄什麼？」我急忙把她推回浴室，叫她等等。平日裡她一定吵鬧着，那天卻異常聽話。一切妥當後，我讓她出來，並奉上戒指，詢問她是否願意與我同行往後的人生路。家盈大概沒料到我會求婚，或許她等得太久了，早就對這事不懷期望，先是呆着動也不動，定過神來，隨即眼眶紅着回答：「我願意。」我們相擁而吻。

沒有大肆鋪張，也沒有邀請他人見證——我與家盈都覺得婚姻是兩個人的事，彼此對大家的愛確立已經足夠了，不需要有第三者在場，更不需要華麗的裝飾，簡簡單單便好，心意才是最重要。

回到香港我們便着手處理婚禮的事宜，家盈和我都覺得婚禮很勞民傷財，麻煩死了，一致決定旅行結婚最適合大家，回來後再跟各自家人吃飯，進行中式禮儀好了。就這樣，我們很快便定好在十月底到美國拉斯維加斯的教堂完成我們的婚禮。

結婚的事我還沒有對任何朋友講起，包括俙翹，我只是和同事交代了，讓他們幫助我處理公司的事情。

眼見婚期愈來愈近，我心裡知道該把消息通知俙翹。可是每次見到她時，又總是說不出口；想寫短訊，卻始終理不出一個好的情緒，怕字詞運用不當，又怕表達得不好。無法直接看到她的回應，我不放心。就這樣，一次又一次，我錯過了向她開口的時機。我在想，當初俙翹無法坦然告知我婚訊，也都是這樣的感受嗎？原來如此磨人，我好像又了解了她多一點。

時間倏忽來到十月，我約了俙翹晚餐。這夜我打定主意，無論如何都要開口。我神色一直凝重，終於在送俙翹回家時，待她下車前，我叫住了她。

「我有些話想和你說。」從她的表情我知道她已猜到我想說的是什麼，但我覺得這些時候還是該勇敢講清楚。我是男人，不該逃避。

「我要結婚了。」

「什麼時候？」

「這個月底到美國簽紙。」

「嗯，到時再跟我說。」

「好呀。」

「再見。」

「再見。」

我不太感受到俙翹的情緒，她為我高興嗎？還是生氣我這麼遲才告訴她？抑或根本什麼都沒想？無論如何，我總算放下了心頭大石，感覺連最後一樣事情都處理掉了，已經沒有什麼再需要煩惱。回程的時候，我不自覺吹起了口哨。

告訴俙翹以後，我也陸續通知其他朋友，其中一個是差不多十年沒見的朋友淳姿。還記得當年我與俙翹分手，多得有她開解我。

「我下星期去美國結婚了。」我傳了訊息給淳姿。

沒想到淳姿看後竟回電過來：「恭喜你！你當年在我面前喝酒喝到嘔，一臉世界末日的樣子我還未忘掉呢，沒想到你今天已到娶老婆的時候了！」

很久沒有聽過她的聲音，還是那麼熟悉，我也高興地和她聊了一會，才知道她的感情路走得不太順暢。收線後，我有點感慨，淳姿是個好女生，多希望她能獲得幸福。

出發到美國那天，我坐在機場禁區內的長椅，家盈則到處閒逛，誓要與各免稅店決一死戰。我打開電話的短訊，找到了俙翹的名字。遲疑了一會，終於還是按進去。

那裡安躺着今早俙翹傳給我的訊息。

「親愛的，相信此刻你已在旅程中，謝謝你告訴我這個消息，當天你叫住我的時候，我知道你要跟我說你要結婚了，這個情景我曾在腦中預演過很多次，但原來到了這刻我還是無法開口對你說恭喜，也請你原諒我上次冷淡的回應。我是衷心為你高興的。我們都踏進人生新的階段，祝我們永遠不變。享受旅途，隨時等候你的最新消息。」

已經過了幾小時，我還是不知道該如何回覆這個短訊。我從來沒有想過，俙翹會對我說出這樣的話。

俙翹在與我的相處中，一直保持着一種彼此都無法忽視的距離，她待我很溫柔，也總是支持我，但往往點到即止；她會接受我對她的好，但不會對那些東西表達明確想法或回應，她知道一旦說穿，有些東西便無法再明正言順地存在了，倒是我喜歡用文字告訴她，我對她的情感。我是男生，我不介意自己多做一點。我們一直是相交很深，但其實生活的交集很淺。這是她第一次，那麼直接地讓我知道，其實她對於我的婚訊懷着複雜的情感，甚至可以說不喜歡的情緒較替我高興的情緒更多。我沒有想過，原來俙翹的心情，竟和當初的我是一樣的。

「親愛的，謝謝你的短訊，我想了很久該如何回應你，原來好不容易。哈哈，我們都遇到開不了口的情況，證明了我們的關係沒辦法輕易用言語來表達吧。你知道嗎，我曾想過，我們的關係類似一種信仰……我明白你想告訴我的事情，我都懂。之前已承諾過我們不會變，我不會食言的。新的一頁開始了，很慶幸我們還可以分享彼此人生的另一階段。我需要你，比你想像中多。」

不知道俙翹是否明白信仰的意思呢？信仰是盲目的，信仰是憑信心的，信仰是不會改變的，信仰甚至不求回報。而她漸漸成為我漫長生命中的一種信仰，在俙翹面前，我深信她能包容我的一切，而焦躁的我總能在她身上尋找到安寧。她是我心之所向，予我動力前進做個更好的人。俙翹那麼聰明，我想她會懂的。

「上機了！」家盈拿着大包小包購物袋回來。我順手接過她的東西，牽着她的手，乘搭飛往美國的航班。

第二十一章

經過了十多個小時，我和家盈終於抵達美國。我們早已租好了車子，準備自駕遊。距離婚禮的日子尚有些許時間，我和家盈逛了遊客必到之處，也根據本地人的推薦，去了若干地方。

從前我總是不太理解旅行的樂趣，旅行於我而言就是離開香港，脫離常軌好好放飛自己，輕鬆一下，但現在我懂得放慢腳步，欣賞每個地方的歷史文化，體會當中的意義。對比當年初到澳洲時的不知所措，我現已成熟許多。不會害怕以外語和當地人溝通，經濟亦寬鬆不少，不再處處計數怕用多了錢。多得科技發展，亦不需要再擔心會迷路，有什麼難題亦能透過互聯網解決……我已不再是當年在澳洲第一次自駕遊時未見過世面的黃毛小子，卻也失卻了那種與身邊人相依為命、一起在陌生地方冒險的浪漫。

「放假的感覺真好！」家盈深呼吸，伸了個大大的懶腰。

「來吧，我在這裡替你拍張可以『呃 Like』的相。」我指指對面能把藍天白雲和樹影都收納在鏡頭中的位置。家盈過去擺好姿勢。「咔嚓」，相機內的家盈比起平日的硬朗倔強多添了幾分柔和，可以感覺到她的心情很愉快。

「你也過來吧，我們一起合照！」家盈向我招手。

婚禮定在晚上，把禮服置於車內後，我們便開車前往教堂。到達時天已黑透，等待我們的只有教堂內的兩位職員。沒有邀請任何朋友，連最親的家人亦只會在直播中參與我們的婚禮。婚禮很簡樸，教堂內只有我、家盈、牧師以及攝影師四個人。想來家盈實在很了不起，都說港女麻煩有公主病，可她連妝也是自己化的，並且從不覺得有何問題。我們都覺得結婚就是兩個人的事，不需要其他人來品評，只有兩個人的婚禮也無損甜蜜。我和家盈能走到這裡，絕非偶然，她是非一般的女子。就在牧師的祝福下，我倆正式結為了合法夫婦。

回程時，家盈把婚照上傳到 Facebook 並分享給朋友。我在想，我又該傳給誰呢？我不是個喜歡把私生活上傳到社交媒體的人。傳給家人？但剛才他們已透過直播觀看了整個過程。我想到了，我該傳給俙翹，她叫我有「最新消息」時要通知她，想來該是說我的婚禮吧。我把與家盈自拍的婚照傳給她，並沒說什麼，老實說，我也不知道該說什麼才好，很快，照片旁便多了兩個藍剔，顯示着俙翹已收到了。沒有回應，預料之內。我把手機放進褲袋，我和家盈已來到拉斯維加斯的賭場。

現場人聲鼎沸，四處都是不同賭博機器的聲音，熱鬧的氛圍感染了我，家盈亦比平日興奮。我拖着家盈的手到處觀賞，間中加入賭局。期間我不自覺連抽了兩枝煙，頓時有點休克暈眩。家盈大笑着：「怎麼？是不是後悔了和我結婚，要連抽兩枝煙紓壓？」這個女人，實在是相當幽默。坦白說，即使我心中有俙翹，但我並沒有後悔與家盈結婚，我知道和她在一起，二人彼此都很適合，也會過得很愉快。我只是需要一點時間適應。

很久以前，俙翹曾對我說：「我跟媽媽說起我們的關係，媽媽說，這樣的關係到最尾應該會結婚的。」那時俙翹還未跟阿剛復合，我聽到後覺得很開心。一方面因為有人明白我和俙翹的關係，一方面也因為俙翹把我們的關係告訴了她最親的媽媽。但我心裡同時明白我們最終難以走到婚姻那一步，就總是欠缺了一點點緣份。如果世上有月老，大概他由此至終都沒有把紅線綁在我倆身上，我們紅線的另一端，總是繫着他人。反倒是現在似有若無的牽絆，能走得更遠更久。只是潛意識裡，我還是無法揮去那種期待，我期待着她穿起白色的婚紗走到我面前的模樣。或許這也說明了，為何在俙翹真正成婚後，我才興起與家盈求婚的念頭。期待被撲熄，我才能回到現實。對家盈來說，這是否一種不公？但愛情從來就沒有公平可言。正如她與大沙，我也無意探聽他們的故事。只要現在幸福，就足夠了吧。對嗎？

美國實在很美，我與家盈駕着車去了很多不同的城市：三藩市的紅色鐵橋、大峽谷、洛杉磯海灘等等。以往每到這些時刻，我都會想把美景攝下與俙翹分享。然而這一次，我決定放下這份心情，就只想完完全全的和家盈享受二人世界，我想這是我應該要做的事情，同時也是我要習慣的事情。

我已經結婚了，俙翹也是。雖然我們說會像從前一樣永遠不變，可是誰都知道，這是不可能的。但我不是說要放棄，我是說，我想在我們都結婚了的前提下，再尋找彼此新的、舒服的模式相處下去，只要俙翹願意。

一直到我回到香港，始終沒有收到俙翹的回覆，最後訊息就停留在我的婚照上。

回港後的第二天我馬上到公司處理之前累積下來的工作，腦袋只塞滿了堆積如山的事務。就這樣過了好幾週，某個夜晚，終於收到俙翹的短訊。

「我消化好你結婚的這個消息了，回到香港後告訴我。」

於是我們又再聯繫上，只是時間上一直未能成功相約見面，大家都太忙了，一直到她生日前夕，我們才終於碰面。

數月未見，我竟有種久違約會前的緊張感。我提早到了預訂的餐廳，拿出早已備好的生日禮物，旁邊的落地玻璃框住了維港夜景，宛如一幅美麗畫作，但我無心欣賞，只利用玻璃的反光整理着儀容。我認識俙翹已久，但今夜卻重回到當年第一次約會時的坐立不安。七時三十分，俙翹準時出現。她仍是那麼美麗……不，她比起從前更美，而這種美麗無關肉體青春，而是寶石得到打磨後那種耀眼的美。

在我還未想好開場白時，俙翹比我先一步地打開話匣子：「我已經接受了這個事實，只要不提起就可以了。」

我沒料到她的反應，一時間只能傻笑着，以笑容掩飾我的窘態。當時的我其實不太明白她的意思，一如我沒想過自己結婚的決定會為她帶來衝擊，但我不敢問。「明明你的婚禮還排在我前面嘛。」、「即使我結了婚，對你的感覺也不會變。」這些說話在我的腦海裡閃過，但終究還是什麼都沒說出口，一如以往，這些不恰當的句子，未說出便已化成看不見的輕煙消散。

俙翹已經很久沒有向我表露過內心想法，我怕自己一問，她的防衛罩又會啟動，會離我更遠，我只能小心翼翼地推測着。

那頓飯，我吃得既緊張又暗自帶點絕不能展露出來的喜悅，不禁猜想，也許我在俙翹心中的位置，比自己想像中的更高。但願是這樣。我忽然想起了在俙翹婚禮上，俙翹姐姐問到我結婚的事情，當她得知我有對像時才鬆了一口氣。不知道為什麼，我一再記起姐姐放心的表情，當時我笑了。或許在別人眼中，我是悲劇裡的男主角？可是這條路其實我走得並不難過，俙翹帶給我的快樂和幸福，遠超過痛苦許多許多。現在我們已各有伴侶，而俙翹依舊是我一生都不願放手的人，縱然二人角色與位置經已不同。

我們認識了十多年，而我希望往後的人生，會繼續有她的存在，不管以什麼形式。

我拿起酒杯：「祝你生日快樂！」俙翹愉快地和我碰杯，她笑的時候有明顯的酒窩。

第二十二章

辦公室中，我好幾次拿起電話，再放下，拿起，又再放下。電話始終靜默。

自從上一頓飯後，我和俙翹已經兩個星期沒有聯絡。其實過去我們也常常好幾個月不聯繫，但這次我總覺得有點不同，怎麼說呢……如果說以前的不聯繫是因為忙碌，是自然而然的，這次的則是刻意的，是自我控制的。果然婚姻橫亙在彼此中間，並不那麼容易輕易跨越。存在於我們中間的氣壓有點微妙。終於，我把電話放到一旁，繼續埋首於工作之中。生命有些東西，無法即時解決時，只得暫時擱置。

2020年1月26日，當新聞傳來高比拜仁墜機遇難的消息，我的腦袋有一刹那當機了，不敢相信那是真的。

從中二開始他便是我的偶像：堅持、好勝、努力不懈……這些都是我崇拜他的特質，一直視他為榜樣。高比努力了大半輩子，拼得名成利就，眼見退役後正要開始第二人生，為什麼會發生這樣的事？我不斷搜索高比的消息，一篇篇報導都在提醒我，這是真實發生的事，高比已經離開了，享年不過 41 歲。所謂生命無常，原來竟是這麼一回事。

我不禁想到，要是下一刻我便迎來死亡，會有後悔的事嗎？我的生命中是否有想做而仍未做的事情？當下我發覺自己自始至終，渴望做的從來只有一件事，我很想把自己的心意向俙翹訴說。我還有許多話藏在心裡，未曾讓它們露面。但我可以嗎？我們現在身邊都已經各自有承諾一生一世的另一半了。我的心意對我們的關係會是一種加乘，抑或是種煩擾？如果明天就是世界末日，我肯定能不顧一切。但正因為我們還有許多個明天，我做事不得不瞻前顧後。原來我和俙翹的事早已不再是兩個人的事，而是兩個家庭。我終於還是壓抑了高比帶給我的震撼，只和家盈分享我的悲傷。

又過了一陣子，迎來了農曆新年，我認為這個時候互相祝賀並不突兀，於是傳了短訊給俙翹：「嗨，親愛的，農曆新年快樂，你知道高比離開了嗎？我很悲傷……哈哈，純粹分享我的感受。開學了，我猜你會很忙，請好好保重，我可接受不了聽到你的壞消息呢。」

傳給俙翹的訊息我一向不期望有回覆，但我從不難受，經歷了那麼多，我有自信自己是特別的存在。我知道俙翹會讀我跟她說的所有話，她只是明白有時候無聲勝有聲。這是我們一直以來的相處模式，也是我們累積回憶的方法。不過自從俙翹得知我的婚訊後，對我打開了多點心窗，我不知道是我的婚訊衝擊了她，令她的心變得混亂無法再好好拿捏距離，抑或剛好相反，因為我結婚了，她放下心來，反倒不怕與我拉近距離？像這一次，意外地我竟得到她深情的回覆。

「你知道嗎！這些日子我不斷想起你，我最近翻看了《我可能不會愛你》，我們的回憶在我的腦海中循環播放着。後來我得知高比的消息，你又再浮現在我的腦中。對不起不知道你是否感覺到，我最近少找了你，我總覺得現在不能自由地給你發短訊了。我怕深夜的短訊會打擾你或造成其他人的傷害，所以我後退了。上次我跟你說我已經消化了你結婚的消息，只要不提就可以，我對你說過即使我們結婚了，彼此也不會改變。但原來這事真的很困難，我以為時間會解決……我不想你覺得我離開你了，我卻又無法像從前般待你……謝謝你找我，我才有勇氣把藏在心裏的事情一股腦地說出來。」

我想這大概是自認識以來，俙翹傳給我最長，亦是最坦承的訊息。她的文字讓我感動，彷彿一直以來我的獨腳舞終於找到了舞伴。關於我們的關係，不只是我很想珍惜，俙翹也很怕失去，她和我是一樣的，在糾結之中不知道該如何前行。我這才意識到，自從我們的地下情完結後，俙翹再沒有向我作出承諾。我想那是由於她對我的認真，她不願對我說空話，寧願選擇沉默，做好一個時刻支援我的好友角色。

我心情有點激動，只想此刻不顧一切告訴她我的想法：「謝謝你的勇敢，我很喜歡你跟我分享心事，你是我唯一可以安心分享心事的人。你永遠不會批判我，相信我永遠是從前的那一個我。關於猶豫的感覺，失去的感覺，不安全的感覺，甚至帶着一點點罪惡感的心情⋯⋯我都知道，我們的情感是同步的。如果我叫你不要想這些，通通放下未免太離地了，因為我也做不到，或許比起你，我才是那個更放不低的人吧。我總是習慣性地在回憶中尋找你，發生許多事時也是第一時間想起你⋯⋯可能在世人眼中這是不正確的，但那又如何？我已決意要在心中留一個位置給你。我們又何必為了遵守世界的守則而勉強自己納入『正常』之中？這就是我們的緣分吧。即使有些人覺得這是孽緣，我也從未後悔認識你。在這一天只想告訴你：讓我們都隨心而行！」這一次，我終於把內心的想法清晰地傳送了出去。

後來俙翹叫我去看一本書，名叫《小王子的領悟》。俙翹一直喜歡《小王子》的故事，她說不同年紀讀這書，都會有不同的感覺。那年我也因為她的緣故讀過《小王子》。書很短，讀完後我沒有太多感受。只是在想，玫瑰開心嗎？狐狸滿足嗎？小王子找到愛了嗎？我覺得小王子很勇敢，而童心很重要。當時年輕的我覺得人生是有很多可能的，書中的結局未免過於感慨。多年以後重看，我才看懂玫瑰的高傲，大概每一個不懂得愛的人都曾這樣，傷害了自己，又傷害了所愛之人；我也漸漸理解狐狸，我想牠是幸福的，能被所愛之人馴養，又可以為他付出；而小王子，我相信他已明白B612那朵玫瑰的重要與獨特，他學會了愛的精髓。我馬上預訂了《小王子的領悟》，不知道俙翹透過這本書，想對我表達什麼呢？但我沒有告訴她，我只是問：「你有足夠口罩了嗎？」

第二十三章

2020年COVID-19肆虐全球，口罩短缺，一盒口罩的價錢由數十元上升至數百元，甚至是有錢也買不到的貨品，當時情況實在非常嚴峻。而且不少人因恐懼疫情，爭相搶購物資，甚至造成廁紙都短缺，日常生活漸漸脫軌和崩壞……幸好我早已預備充足，現在才能有餘力分享給他人。

「這一盒是送你的！」我把口罩遞上。

這天是我與俙翹打開心窗後的第一次見面，雖然戴上了口罩，但仍可清楚看到俙翹的表情，總覺得她和從前有點不一樣。大概是沒有了往昔的一份壓抑，有着更多的從容。

「學校現在停課了，走，我請你吃東西！」她接過後爽朗地說。

就這樣，我們一同到酒店高級餐廳吃了頓精緻的下午茶——大概是人均消費五百多元，那是從前在澳洲為了省錢要叫兒童餐的我們不曾想像過的光景。

「記得我們還是大學生時，經常一起逛某個商場嗎？」我突然憶起舊事。

「記得，那時我們都沒太多錢，總是window shopping。」

年少的我們都不知道畢業以後的路向，不知道工作會讓我們變成怎樣，更不知道日後的彼此是否還有交集，因而當時許下諾言：「我們要永遠陪在對方身邊，並且叫世界對我們刮目相看！」我們想藉着諾言的力量，增強彼此的牽絆。結果，我們成功了！現在的我們都過得很好，雖然依舊對生活會有很多無力感，但至少我們能一起面對。

「早幾年，我們都很忙，想着怎麼繼續向上爬。」俙翹感慨起來。

「對，慶幸我們的努力沒有白費，我們都成功了。」

「不過，現在就只想耍廢呢，哈哈……」

「放心，有我陪妳。」

我跟俙翹，由懵懂走到成熟。我一直很慶幸，雖然與俙翹選擇的工作不一樣，但我們的步伐卻很一致，達到的高度亦差不多，或許這也是我們沒有愈行愈遠的原因之一。

俙翹曾在送我的生日卡上寫上：「要記住我們現在簡單的美好。」那不只是在說我們的關係，也是在說我們的靈魂。我們的生活品質變得好多了，慶幸彼此靈魂依舊純良，沒有被生活磨成了壞人。我常想有時候壞人不一定是心存惡念，他們只是活得太累了，想要走一條更容易的路，漸漸卻迷失掉自己。

望着眼前的俙翹，老實說我已不再會有怦然心動的感覺，相信她對我也一樣。我們亦不會因為看不見對方，便牽腸掛肚，或被對方弄得心神蕩漾、心癢難耐。我們已經告別了那種激烈的愛，但怎麼說呢？或許一起的日子真的太長久了，久到看着對方，彷彿也看見了某部分的自己。或許我們的關係確實有一點點轉變了，可是能繼續間中見一見，關係不會斷掉，我已經心滿意足。

想起來，其實有很多次，我們的關係都面臨到此為止的危機。像是一般人大概在婚後就會默默避嫌，不打擾對方；或是那年大家工作忙碌，我貪睡一點不去送早餐，她嫌麻煩不想遷就我工作時間於是讓約會不了了之；又可能再早一點，她沒有選擇和我同遊澳洲，我在她與阿剛復合後疏遠……我們在很多個分岔路口，其實都可以走散，從此慢慢淡出大家的世界，可是我們卻一直沒有放棄，即使偶爾會出現一些令人心累的事情。回頭一望，我們能走到今天，掌握好現在的距離，一切實非僥倖。

「有心事？」俙翹投來關切的眼神。

我笑笑搖頭：「只是在想，這個下午時分，其他人都在為生活勞勞碌碌時，我跟你能如此休閒地歎着下午茶，彷彿脫出了這個世界……我很慶幸身邊有你在陪伴着。」

「亂世中的小確幸。」俙翹笑得很甜。

餐廳邀請了鋼琴手在現場彈奏音樂，夕陽柔和的光線落在餐廳一隅，街外的嘈雜被落地玻璃大窗隔絕，我們靜靜地享受此刻的寧謐，誰都沒說話。一會後，我的電話響起：「好的，地址是？」

俙翹以眼神表達「怎麼了？」

「我先前預訂的消毒酒精到貨了，待會要去拿。」

「我陪你吧！」

到達火炭一個工廠大廈後，我說：「不知道酒精會不會太重，我怕自己拿不動。」

「怕什麼？不是還有我嗎？不要看我如此纖瘦，幫你拿『兩支』還是可以的喔！」

「哇！感謝大俠仗義幫忙，你有兩隻手願意替我分擔『兩支』，實在非常慷慨！」

我們一路打趣大家，很快便來到門前。當然最後我還是獨個把酒精搬上車子。我忽然記起自己以前連遠一點的路也不願讓俙翹多走的事。

那一年，我們吃飯，把車泊在路邊。

「為什麼不把車駛進停車場？這樣就不用怕被抄牌了。」

我含糊其詞：「沒問題的喇。」

「你就是不想我走那麼多路吧。」俙翹笑着說。

我搔搔頭沒有回應。我當然知道俙翹並非如此柔弱，只是我從前擁有的太少，能做到的就只有這些。願我能用溫柔體貼，多換她一刻的舒適。但現在，我可以給她更多，譬如已經賣到斷市的酒精消毒液。只是不捨得她辛苦的習慣早已刻進了我的血液裡。

晚上收到俙翹的短訊：「爸爸很感激在資源如此緊絀下，你還願意分消毒酒精給我們。」後來我還收到了俙翹姊姊表達謝意的短訊。我再一次為到自己不止與俙翹有所連繫，而是能在她家人心中有一定程度的存在而高興，這件事讓我快樂。

「爸爸叫我不要再問你拿口罩，他說你會自己不夠用也給我們。」

「世事都給世伯看透了！」我感到有點震驚。

俙翹難得地說：「他知道你有多疼我。」

「在你爸爸眼中，到底我是怎樣的存在？」

「嘩！你問他這樣深的問題。」

當然最後話題自然是不了了之。可是我想世伯還是不夠了解我，我太清楚俙翹了，若我無法先安頓好自己再照顧她，對她來說這份「好」便過於沉重，她將不再接受。我可承擔不起這樣的風險，因此我從不虧待自己，這就是我珍惜她的方式。

俙翹的父親是個生意人，很在行盤算得失。我記得當年俙翹跟阿剛分手後，她的家人開始得知我的存在，我也間中到他們家裡吃飯。那時世伯還說笑般叫過我做「傻仔」，但我知道那不是嘲笑的意思，因為內裡含有名為「憐惜」的感情。我的長情與守候或許沒有為我換得愛情，但卻得到了更寶貴的東西。我不後悔。

第二十四章

轉眼間，我即將迎來35歲，離三十而立已過去五年。回望人生，我走過了大多數人的人生藍圖——擁有自己的事業、買樓、結婚（只是還未生子）。或許在某些人眼中，我可以被稱為人生勝利組，但我總害怕自己會陷入隨波逐流的危機，我不希望自己迷失在人潮中，一直向前走，最後卻到達自己不喜歡的目的地。

「老朋友，還好嗎？」我拿起手機跟很久沒有聯絡的淳姿打招呼。

「程鎧！我很好呀，你呢？跟友人（她一向對俙翹的稱呼）還好嗎？」後面還加了幾個偷笑的符號。

我簡單講述了自己跟俙翹的現況，淳姿好奇問道：「你不感到遺憾嗎？」或許這條問題早就埋藏在她心裡十多年。

「與俙翹的關係，是我一生中最自豪的事。」我說出早已反覆咀嚼思考而得出的答案。

我與淳姿分享最近曾看到的一個故事：一位老婆婆走到生命的盡頭，她在乎的，不是財產，不是健康，不是渴求多一點時間，而是祈求能帶着一生中愛的記憶走到最後。人如果沒有了記憶，我們將什麼都不是，而其中要數最珍貴的，大概是愛與被愛吧。就算時光倒流多少次，我還是會選擇跟俙翹相遇、相知。從未後悔，縱使最後我們並未有走在一起。

這天我再一次駕車來到俙翹舊居那街角，感受一下久違的 Me Time，或許因為夜深，原來安靜的區域更添閒適。我閉上眼，靜靜地回想着自己從前的人生。從一個黃毛小子，跌跌撞撞長成一個能讓人放心的男人。戀愛路上我曾傷透了心，為俙翹一蹶不振，卻也曾成為過別人的劫難，擔任負心漢的角色；事業中我曾是社畜，過着不見天日的審計生活，又試過投資失利，輸了數十萬，但現在卻是審計公司的老闆，能自由掌控時間，還擁有副業生意……那些年的青澀、莽撞、辛酸、快樂、滿足都一一湧上心頭。細想一遍，我還算滿意自己的人生，也慶幸沒有長成自己從前討厭的大人。我找到了適合和自己作伴的家盈做人生伴侶，也與俙翹以彼此舒適的距離繼續交往，愛人與紅顏知己兼得，於願足矣。

我微笑着，看着倒後境中那熟悉的街角愈來愈遠，終於懷着鬆弛的心情完全駛離這條藏在我心一角的街道。

35歲的生日，俙翹送了一隻G-SHOCK手錶給我。

「你總是常常覆短訊，很忙碌，所以我送這隻無法回覆短訊的手錶給你，讓你能享受一下Me Time，懂得休息和放鬆！」俙翹還向我說起了Me Time的好處。一方面我為她的體貼感到窩心，另一方面我也忍不住竊笑，想起我人生最多的Me Time便是那些年接送她上班前等待她時的數十分鐘了，我才是Me Time專家吧！

「喂，你記得我跟你提過我們合伙開補習社的事嗎？」

「記得呀，我也有點興趣。」

「要是你覺得不方便，可以成為匿名股東。」

俙翹這時露出了認真的神情，鄭重地說：「要是我們真的合作，我會把這事告訴阿剛的。」

我點點頭。一直以來，阿剛都是我們有默契地避談的存在，又或者說，我也是俙翹與阿剛之間不會提起的名字。但現在，有些東西在悄悄轉變了。看來除了我，俙翹也有一直在思考我們的關係。來到人生下半場，我們再無從前的惶恐不安，而是更自在地面對一切。

吃過晚飯後，我一如以往送俙翹回家。臨別前，我從袋中拿出一封手寫信給她：「這是我對自己人生上半場的種種反思——」我也悄皮起來：「老師，麻煩你批閱！」

「好的，看完會給你評語！」她慎重地接過，一本正經地說。

我儲足勇氣，終於開口說：「如果我對你說，我愛你，這樣會很過份嗎？」

「不會呀，你傳給我的文字不也經常說嗎？」俙翹溫柔而微笑着說。

「那是不同的。」我慢慢地說。「我愛你。」我凝望着俙翹。這是我人生第一次當面對她說愛。

俙翹也凝望了我一會，然後說：「謝謝你愛我，我……」

我把食指放在嘴唇，示意她不必說下去。我早已學懂了有些愛，不需要回應。愛你是我自己的事。

俙翹明白我的意思，向我揮揮手上的信，面上溢滿笑容，一如當年我認識的那位少女：「再見，以後要一直再見啊！」踏着輕快的腳步回去。

我望着她的背影，消失在大廈之中，我的內心暖暖的。

「謝謝你讓我學懂了愛，謝謝你一直都在。」

信

親愛的俙翹：

我愛你，你是我這輩子唯一一個能毫不猶豫地真心說愛的人。你也會是一直排在我心中的第一名。

來到35歲，我想好好整理一下自己的人生，然後我發覺自己第一樣想要處理的，是和你的感情。這麼多年以來，我們一起經歷過很多東西，我曾經為到彼此心照不宣的默契而覺得自豪，但日子久了，我發覺有些事情攤開來說也有另一番美麗。以下的事情我也許一生人只會和你講一次。

從前的我是個不在乎任何事情的人，也不打算用力爭取任何東西，只是因為幸運與愛面子，成績才不錯，事實上我的心空蕩蕩，一切對我來說都不重要。直至遇上你，我至今仍記得你的神情，一種讓我不要錯過生命美好的神情，是你讓我知道打開自己的心其實並不可怕。當時我沒有想過自己會愛上你，更沒有想到你將會在我的人生中佔據如此重要的位置。我其實已經忘記我們在ICQ談過的大部份東西，也記不起我們是如何愈走愈近，但我真的真的真的很慶幸，你一直在我身邊，直到現在。我很珍惜我們現在的關係。

過去我們曾有一段不太愉快的時光，你很少提起，我也就不敢講太多，我明白人總希望刪除不想要的記憶，但是我其實很想告訴你，那段回憶對我來說，是我唯一盡全力愛過的證據，縱然存在傷痛，但我依舊喜歡。我曾擔心留在你身邊會讓你想起過去的種種不快，我總是做好再次失去你的準備，卻沒想到，隨着時日逝去，你卻待我愈加溫柔，我們變得惺惺相識。你家樓下的街角是我在這個世界裡最喜歡而安心的地方，不知不覺我也愈來愈依賴你，很多次在人生想放棄或是懷疑自己的時候，你都成為我努力向前的動力，你的安慰和鼓勵總讓我振作。我想盡力做好自己自信地站在你的面前，我希望信守我們要成為一個更好的人的承諾。我漸漸習慣你的存在，有時會有種錯覺你將一直與我親近。

因此當你說要結婚時，雖然我極力克制，但大概你也能感受到我的焦慮。明明為到這一天，我已做足了多年的準備，我以為自己可以毫無保留地祝福你踏入人生新的階段，我以為自己比起當年已成熟許多，但原來我還是道行不夠，我差一點就打算漸漸淡出你的生活。我害怕造成你的困擾，或許我也是怕自己受傷。是你讓我感受到你對我們關係的珍惜與愛護，才讓我再一次鼓起勇氣留在你的身邊。兩個人的關係從來不是單靠一個人便能維繫，你或許不會像我一樣做很多事情或主動訴說情感，可是你的細心、溫柔常常恰到好處地支持着我，我從你的身上得着很多力量。而到我結婚時，我甚至覺得你比我勇敢許多，你會向我坦白自己的不安，不像我害怕說穿了關係便不再一樣。你信靠我們的感情，我卻一直困在舊日之中。我知道開口表述對你來說並不容易，所以我一直感謝你為我們的關係踏出那一步，這是我會記一輩子的事情。

我們的關係，我們的這份感情也許不容於世，亦不被世人所接納。可能甚至有人會覺得我們自私，會認為我們只是以愛之名包裝自己的慾望……即使如此，我依舊無悔。我難以向他人說明我們的關係，有時候我們的相處明明比普通朋友更普通，沒有親密接觸，更會長時間互不聯繫……但我就是知道彼此心中都有着對方，這份像極了愛情卻又不是愛情的關係。我們並非從未卻步，可是我們都一一走過了。我們曾羨慕愛情劇裡的主角，也希望從當中找到映射，但終是一無所獲，但我現在覺得這些都不緊要了，我們就照着自己的步伐，譜寫屬於我們的故事，已經足夠。

在無人見證的世界裡，我會與你一直相戀下去。而我學懂，愛並不一定要擁有對方。愛是，有着許多面貌與不同形式，譬如像你與我，在最合適的距離下互相珍惜。

程鎧

後記一

程鎧

從小在愛情劇集的耳濡目染下，對愛情很是好奇，理性的我完全不能理解愛，對我來說那是虛幻的。說愛有多甜蜜，說愛有多痛？是作者們給的幻想嗎？對一樣不理解的東西最想做的自然是不斷探索。雖然愛是人生中必定會遇到的課題，卻沒有課程會教你這是什麼一回事，青春也沒有給我們太多時間去探索。直到人慢慢長大，經歷許多無理或甜美的人和事，開始明白原來愛不是數學題，沒有解題方案；愛也不是藝術品，沒有形和體亦不需要彰顯在其他人眼前。每個人對愛的體會都不盡相同，大概正是因為如此的獨一無二，愛才無法量化成為一個課程，不能言傳，只可意會。

慶幸現在的我，擁有對愛的一套獨特理解，也有被愛和愛人的能力。

參與製作這本書時，不知不覺讓我慢慢整理了自己的回憶。年輕時我們都不知道未來會如何，在生命中留下的痕跡又能否美麗，但在短短的瞬間盡力刻畫，不作後悔的決定，日後細看其上的種種，或會發覺雖有不少瑕疵、會後悔、會感嘆、會遺憾，卻成就了現在的我們。原來人生是否過得完美，根本一點都不重要，重要的是每一個劃痕所留下的意義。別人的評價也並非重點，反正重要的事用眼睛從來都看不到。我學會了用心享受那份看不見的獨特。

成長教會我擁有的同時總無可避免會伴隨「失去」，可是「失去」其實並不可怕，失去的人和事終將都會為自己帶來新的課題。不需要握得太緊，而是讓其輕柔地存在，我們只管珍惜。生活在「時間」的維度中，許多關係都可以用老掉牙的一句「逆水行舟，不進則退」來形容，可要選擇在那剛剛好的距離維持下來，其實更不容易。有些人會認為停留是一種懦弱，可是我的經歷讓我學懂，有時候願意定格，彼此保有空間或許也是另一種成熟。

P.S.1　俙翹，這些年來你一直在進步變得堅強，以前不敢對你說的話，現在我都可以跟你坦誠了。這本書沒有裝載任何渴求和慾望，只想與特別的你分享自己生命中的領悟。我也擔心這書太「重」會令你不知所措，但另一方面卻又有信心現在和未來的那個你，擁有足以承受任何事情的優雅。願我們一直彼此同行。

P.S. 2　我要特別感謝洪麗芳，她用她獨有的同理心及耐性，陪伴我慢慢整理這些年的經歷，又樂意理解我那些難以展現在世人面前的感受。如果緣份沒有讓我找到她，我的故事可能永遠無法呈現在大家的面前。

後記二

洪麗芳　作者

2020年6月時程鎧透過Facebook找我合作，替他與俙翹的故事編寫成書，簡單傾談後，他說想稍微整理資料後再找我，之後便消失了，所以我一直以為他是白撞的（自由工作者實在經常遇到這種事），並沒放在心上。再聯絡時已是九個月後，2021年的3月我們終於碰了面，他隨即與我這個陌生人滔滔不絕分享內心深處藏着的故事和秘密，這本書終得以邁開出生的腳步。

這是我第一本書寫的長篇小說，但與其說是小說，或許更近似傳記，書裡的內容大多是真實的，只有少數地方為了讓讀者易於閱讀以及保護當中的人物才稍稍改寫。因此小說中並無高潮迭起或是超於現實的情節，譬如失憶、重病、車禍、生死相隔等情節，沒有這些東西，有的只是一個人如何踏實地走過生命的種種，像是到底所謂與最愛的人保持着最好的距離是怎麼一回事。許多事情，不是說了就會明白，而是需要經歷。虛構的世界裡面有着自由，讀者能跟着作者的筆觸任意暢遊；而真實則自帶着力量，這是真實發生在現實世界的事，逼使你不得不直視繼而思考當中的深意。

愛情很殘酷。是我書寫這故事時第一個冒起的感受。書裡面的人物完整地呈現了愛一個人與不愛一個人時的分別，愛是無法欺騙，也無法施捨的，適逢書寫過程中我經歷了分手，對此感受便更深。然而後來我也發現，愛的殘酷反過來說也是其甜蜜之處，我愛你，這是我不得不承認的事實，因此我只能認命地對你好，因為你的幸福、你的笑容就是我心之嚮往。程鎧讓我發現，真正的愛原來真的可以不計較，也不要求回報，只願對方過得安好。

我一直認為男女之間可以有純友誼，反倒是中間牽涉愛情，才會使二人漸行漸遠，特別是雙方情感不對等的時候，這樣的例子在我身邊比比皆是。程鎧和俙翹卻打破了我固有的想法，原來只要二人能有所共識，維持在一個恰當的距離，譬如是一個街角，不進也不退，這樣的關係便能走到很遠，像他們就走了十九年，直到如今。這樣的關係或許不是「政治正確」的，甚或會惹來衛道之士的批判，可是人生呀，大多時其實我們都活在灰色地帶之中，不是嗎？比起逃避掩臉不看，我覺得倒不如大方面對更好，或許這未必是你的故事，但至少這是存在於世的某些人的故事。

最後，感謝編輯鍾卓玲給予了許多寶貴的意見，潤飾文字，讓這書從雛形慢慢長成一本值得看的小說（賣花讚花香，笑）。感謝我家呆總以及弟弟西樓月如鈎賜序，成為首批讀者。感謝韓麗珠老師、趙曉彤以及新丁的聯合支持。尚要感謝協助完成這書的每一位伙伴，像是畫家 Pris Pong 為這書畫下了相配又有詩意的封面、擔任書名設計的 Lego Cheung，還有出版社 Scone Publishing 的同事、封面設計、校對、發行、銷售等等每一個參與的單位，出版這書的過程中，深深感受到一本書的誕生非一人之力，而是許多人傾注心力當中才得以成就。最後當然還要感謝程鎧的坦誠分享，沒有他便沒有此書的出現。

願我們每一個人都能找到自己與他人最合適的距離。

街角的距離

作者	洪麗芳
編輯	鍾卓玲
封面插畫	Pris Pong
書名設計	Lego Cheung
封面設計	韓世
內頁設計	鍾卓玲

出版	Scone Publishing
電郵	info@scone.com.hk

版次	2022年6月初版
ISBN	978-988-79476-8-4

香港出版及印刷